LE DÉSINFORMATEUR

PETER USTINOV

LE DÉSINFORMATEUR

Traduit de l'anglais par
Jean Rosenthal

PIERRE BELFOND
216, boulevard Saint-Germain
75007 Paris

Ce livre a été publié sous le titre original
THE DISINFORMER
par Michael O'Mara Books Limited, Londres

Si vous souhaitez recevoir notre catalogue
et être tenu au courant de nos publications,
envoyez vos nom et adresse, en citant ce livre,
aux Éditions Pierre Belfond,
216, bd Saint-Germain, 75007 Paris.
Et, pour le Canada, à
Edipresse Inc., 945, avenue Beaumont,
Montréal, Québec, H3N 1W3.

ISBN 2.7144.2673.5

POUR HÉLÈNE

aimée et amie

Son nom importe peu; il en utilisait tant. Mais, comme la plupart des gens, il tenait à ce qu'un de ces noms fût plus important que les autres, comme des racines, pour donner à sa vie un ancrage nécessaire. Il avait écrit ses mémoires mais ils étaient encore à l'état de manuscrit, et il ne les avait même pas soumis aux autorités compétentes puisque, comme il le prétendait, il n'existait pas d'autorité compétente pour porter un jugement, ou même pour censurer un livre dont il serait l'auteur. Pourquoi dès lors se donner tout ce mal? Il serait bien temps après sa mort qu'on en découvrît les deux exemplaires, l'un dans son bureau, l'autre enfermé dans un coffre à sa banque et alors, à n'en pas douter, l'enfer se déchaînerait. Il souriait parfois à cette idée, tout en reconnaissant non sans quelque tristesse qu'il ne serait pas là pour savourer le chaos qu'il entendait bien provoquer.

Le nom dactylographié sur la couverture du manuscrit était Hilary Glasp, un nom qui sonne assez faux pour être vrai. Son père, Mervyn Glasp, avait été fonctionnaire des Chemins de fer syriens, et Hilary était né par mégarde et prématurément dans la salle d'attente bondée d'une petite gare quelque part sur la ligne Beyrouth-Damas, et sa mère était morte de gêne peu de temps après. Élevé par des bonnes d'enfants et des baby-sitters, le jeune garçon avait commencé à parler l'arabe avec plus de facilité que l'anglais jusqu'au jour où on l'envoya dans un cours préparatoire à l'âge habituel de huit ans. Pas plus là qu'au collège un peu plus tard il ne se montra un élève particulièrement brillant, mais le talent qu'il avait de parler couramment l'arabe lui conférait un certain prestige et, plus tard, durant les années de guerre, cela devint un atout précieux.

« L'ahabe ? voilà qui sort de l'ordinaire, n'est-ce pas ? » s'était exclamé, incrédule et zozotant, le responsable de la sélection du personnel.

« Pas pour moi », avait répliqué Hilary, avec ce mélange d'arrogance et de réserve qui avait marqué ses années au MI5, où il n'avait cessé de manœuvrer pour obtenir une position, tout en ayant toujours l'air à moitié endormi. Après les déplaisantes rigueurs de l'instruction militaire, on l'envoya suivre un cours de perfectionnement d'arabe parlé, où il passa le plus clair de son temps à corriger la syntaxe et la grammaire de son professeur, d'abord avec tact, et bientôt avec ostentation. Ceux qui sont trop malins s'attirent la méfiance de leurs supérieurs, mais le talent de Hilary pour avoir l'air de dissimuler beaucoup de choses ne tarda pas à convaincre les milieux du renseignement qu'il était un homme digne de confiance, qui ne faisait pas étalage de ses talents mais qui les utilisait plutôt comme un coffre-fort.

La guerre se passa pour lui essentiellement au Moyen-Orient, à s'accouder au comptoir dans des bars du Caire, à interroger des délinquants en Palestine et à donner une impression générale d'énergie sans précipitation, mais pleine de ressources. Il ne prenait pas beaucoup de risques ; il n'aurait pas aimé cela, mais il noua de nombreuses et utiles relations avec des personnages douteux, qui devaient lui être d'un grand secours à mesure que la houle de l'ancienneté le portait plus haut dans la hiérarchie. Après la guerre, le Moyen-Orient demeura son domaine, et il passa le plus clair de son temps jusqu'à sa retraite entre Londres et Beyrouth. Il préférait cette dernière ville, car là il était son propre maître, libre d'organiser à son gré ses loisirs et d'ignorer la frontière entre ses distractions et son travail. Loin de la surveillance de ses chefs, il pouvait fort bien rester assis dans des cafés à siroter de l'arak sans rien observer de particulier, et passer ses soirées dans des boîtes de nuit minables sous prétexte qu'il avait là des contacts. En comparaison, Londres était un foyer de jalousie, de médisance et de méfiance. Il n'y aimait absolument personne et trouvait les arguties levantines beaucoup plus faciles à vivre que la bienséance constipée et la mauvaise grâce de la direction générale. Enfin, jusqu'à sa retraite.

Certains de ses collègues, leur service terminé, avaient émigré au Kenya, en Floride ou en Australie. L'un d'eux s'était même empressé d'écrire une autobiographie, s'attirant ainsi la virulente indignation du gouvernement britannique, qui réagit par une cascade d'actions en justice, dont aucune n'eut d'autre effet que de faire une précieuse publicité à l'ouvrage incriminé et de le présenter comme une lecture indispensable pour tous ceux qui s'intéressent à notre époque, ce qui n'était absolument pas le cas. Cela eut pour autre résultat de contrecarrer les plans des autres vieux espions terrés dans leurs minuscules enclaves de Mombasa, de l'Algarve ou de Dieu sait quel autre endroit où ils s'étaient installés, avec leur livre à moitié achevé et destiné à le demeurer. Hilary avait bel et bien terminé le sien, citant des noms et aspergeant son texte d'acide comme un jardinier vaporise de l'insecticide sur ses plantes. Parfois, le soir, ou durant ses nuits d'insomnie, il en relisait des passages, corrigeant une ligne ici ou là pour la rendre plus mordante ou moins ambiguë. Il sombrait ensuite dans un sommeil paisible, un petit sourire aux lèvres.

La retraite est toujours un moment difficile pour ceux qui estiment qu'elle est survenue trop tôt, et Hilary, qui avait toujours mené l'essentiel de sa vie active comme s'il avait pris une retraite prématurée, commença alors à se sentir tendu et nerveux lorsqu'on voulut lui imposer la torpeur qu'il avait toujours cultivée.

Quelquefois, il allait déterrer au fond d'un porte-documents de vieux carnets d'adresses, des papiers qu'il avait utilisés pour rédiger ses souvenirs; il les feuilletait alors, un nom après l'autre, comme une sorte de répertoire de gens mal famés, de créatures qui ne se manifestaient que dans le demi-jour.

Les noms n'évoquaient pas seulement des moments d'irritation, d'hilarité, voire de mystère : ils semblaient maintenant être des litanies d'occasions perdues. Hilary se sentait parfois comme un joueur de tennis qui aurait atteint son apogée trop tôt dans l'Histoire, à une époque où les hommes arboraient encore avec orgueil et altruisme les couleurs de leur club ou de leur nation. Il y avait toujours cette façon ridicule de reprocher à l'autre d'avoir laissé tomber son camp. On avait de tout temps pratiqué l'espionnage en appliquant les mêmes règles rigides. Non seulement il avait fallu mener ses affaires en respectant les convenances, mais on en attendait autant d'autrui. Et puis, avec l'avènement de la société de consommation et la vénalité qui l'accompagnait, un espion n'avait pas tardé à devenir un pigiste professionnel, opérant sur le marché libre, une oreille collée au sol et l'autre ouverte aux propositions du plus offrant. Et cette corruption ne s'appliquait pas seulement aux individus mais à des organisations entières, qui s'adonnaient à des pratiques baptisées selon l'occasion désinformation ou déstabilisation ; ce qui les amenait donc à se trouver parfois dans les meilleurs termes avec leurs ennemis jurés sur le marché en constante expansion de la vente et de l'achat de renseignements, une sorte de bourse minable où le moindre potin valable, la plus subtile nuance de trahison voyait sa valeur osciller au gré du moment. Comme Hilary aurait pu être riche s'il était né vingt ans, ou même dix ans plus tard !

Il était réduit aujourd'hui à l'état de fossile, triste et dernier vestige de cette tragique génération d'espions qui vivaient sur un salaire et une pension au lieu de s'ériger en opulentes sociétés anonymes avec boîte postale aux îles Caïmans. Ces mémoires n'étaient que le contrecoup dû à ce sentiment d'avoir été trahi par une société qui avait évolué trop tard dans l'Histoire pour assurer le confort matériel à ceux qui avaient passé leur vie à suivre les lois et les règlements, mais qui avaient vécu assez vieux pour voir des hommes plus jeunes prospérer sur des territoires interdits.

Et, chose étrange, cette rage intérieure rendait Hilary et ses semblables extrêmement pointilleux devant la baisse de qualité du métier. Ils parlaient d'un ton acerbe de professionnalisme et des froides consolations de ce passé de désintéressement, tout en se gaussant de l'insouciance des jeunots, incapables de garder un secret s'ils pouvaient le vendre. Ils manifestaient du sarcasme envers les espions modernes en même temps qu'ils leur portaient une furieuse jalousie.

Ce fut dans ces étranges dispositions que Hilary s'assit un soir pour regarder le journal télévisé de neuf heures. Il n'avait pas bien dormi, s'éveillant en pleine nuit pris d'une soudaine angoisse ou d'une réaction nerveuse d'un bras ou d'une jambe. Il s'imaginait que le rythme de sa respiration parfois s'interrompait, et il avait du mal à l'oublier et à abandonner son cœur à ses patientes habitudes. Il avait le vague sentiment que c'étaient là les symptômes de l'âge, mais il semblait aussi que son corps exprimait un mécontentement profond devant son mode de vie. Peut-être la retraite, l'inactivité quotidienne qui ne parvenait pas à apporter à son existence sa dose nécessaire de cérébralité, le manque de but, contribuaient-ils tous à provoquer cette hystérie contenue, ces explosions minimes et pourtant dérangeantes au cœur de la nuit.

Le journal de neuf heures commença. Le Premier ministre avait prononcé un discours quelque part dans le Nord, lors de l'inauguration d'une crèche où les mères qui travaillent pouvaient laisser leurs enfants pendant la journée. Les employés de la crèche étaient des chômeurs formés à ces nouvelles tâches grâce à un cours accéléré de deux semaines. Un ministre subalterne avait indiscrètement révélé des plans de « privatisation partielle » de la Royal Navy, provoquant les reactions hostiles d'un groupe d'amiraux, mais suscitant une réaction plus positive de la part d'une célèbre marque de biscuits qui se déclara prête à « adopter » une frégate pour commencer, à condition que l'on changeât le

16

nom du navire pour lui faire refléter la gloire de son bienfaiteur. Le Premier ministre avait encore dit, plus tôt dans la journée, alors qu'on lui conférait un diplôme *honoris causa*, que le pays devait revenir aux valeurs de l'époque élisabéthaine, maintenant qu'on avait réalisé dans la pratique les valeurs victoriennes. Elle avait répété aussi, en réponse à un interpellateur sans scrupule, qu'« on ne peut pas ragaillardir le marché ». Un ministre de la Couronne avait prétendu que la radio avait un « parti pris marqué pour la gauche ». Il y avait beaucoup plus de victimes du gaz moutarde dans un obscur mais sanglant conflit dans la région de l'Euphrate qu'on ne le pensait généralement. Un vétéran du Viêtnam devenu fou furieux avait abattu à coups de fusil quinze personnes dans un supermarché de Terre-Haute, dans l'Indiana, après avoir vu *Massacre au centre commercial,* un film sur le même sujet qui avait obtenu un oscar.

Hilary regardait les informations en arborant son masque sardonique, réfléchissant à l'absurdité de tout cela, enchaîné par sa totale impuissance en face de ce maelström quotidien de débris arrachés au tube digestif du monde. Les événements de la journée étaient évoqués avec la pompeuse morosité à quoi l'on reconnaît un talentueux présentateur de journal. Le journaliste soudain hésita et annonça, comme s'il repartait du début :

« Une nouvelle qui nous parvient à l'instant de West Kensington, à Londres. Une automobile garée devant un magasin vendant des tricots irlandais a explosé cet après-midi. Deux passants, que l'on croit être des Jamaïcains, ont été blessés, l'un d'eux sérieusement. On ignore encore à qui attribuer la responsabilité de ce crime, tout comme on n'en connaît pas les mobiles, encore qu'il ne soit pas déraisonnable de supposer que l'IRA soit derrière cet attentat, étant donné la nature du magasin que la bombe était censée détruire. »

C'était bien de la police de sauter à des conclusions aussi évidentes. Cette façon de penser rappelait tant à Hilary ce qu'il avait eu à souffrir à Londres après la guerre. Pourquoi l'IRA ferait-elle sauter une boutique vendant des chandails et des cardigans irlandais ? Se trouvait-elle soudain si à court de cibles à une époque où l'on savait qu'elle disposait d'armes sophistiquées qu'on pouvait presque considérer comme de l'artillerie ?

Mû par une brusque impulsion, Hilary composa le numéro d'un grand quotidien à sensation de Londres et demanda à parler au chef des informations. Il se présenta comme Abdul

Farhaz et se mit à discuter en arabe avec des interlocuteurs imaginaires dans la pièce en attendant le chef des informations si bien que, quand ce dernier prendrait l'appareil, il aurait droit d'emblée à un léger badinage dans la langue de Mahomet.

« Harry Putner, chef des informations.

— Ah! La bombe qui a explosé aujourd'hui à Londres.

— Eh bien?

— C'était nous.

— Qui êtes-vous?

— Un frère des Martyrs du 17-Septembre.

— D'où me parlez-vous?

— De Beyrouth.

— Beyrouth? Redites-moi votre nom...

— Non. »

Et Hilary raccrocha. Il n'avait plus qu'à attendre. Il avait enfoncé l'aiguille; il fallait voir maintenant si le sérum avait pris.

Il dormit bien cette nuit-là, comme si une partie de son esprit avait acquis une certaine sérénité. Dès les premières lueurs du jour, il se prépara comme d'habitude une tasse de thé bien fort. Le mélange Caravane russe. Puis il s'installa pour regarder le programme du petit déjeuner à la télévision. « Mais tout d'abord, les dernières informations », annonça une joyeuse luronne, indécemment radieuse pour une heure aussi matinale. Le présentateur apparut et reprit aussitôt le fil des nouvelles de la veille.

« L'attentat d'hier à la bombe dans West Kensington, à Londres, a été attribué par un correspondant anonyme à une organisation s'intitulant les Martyrs du 17-Septembre. C'est la première fois que cette organisation, qu'on croit être palestinienne, s'est manifestée, même si hier soir Scotland Yard refusait d'écarter l'hypothèse d'un canular. Voilà tout juste une demi-heure, le mystère s'est trouvé renforcé par un second appel téléphonique affirmant que l'organisation responsable de l'attentat était la fraternité du Croissant de Lune, qu'on croit être une ramification de la faction dirigée par Abou Nidal à Damas. On a cru tout d'abord que l'objectif visé était le magasin de tricots Bit O'Blarney, mais il a maintenant été établi que la voiture rouge contenant la charge d'explosifs a pour propriétaire Jaffar Bin Aziz, frère du maire adjoint de Gaza, dont l'aile militante de l'OLP affirme qu'il collabore avec les autorités israéliennes. Un porte-parole de l'IRA a rejeté avec mépris l'idée que cette organisation ait le moindre rapport avec elle. Selon les termes de Seamus O'Tumulty, un des chefs de la branche militaire : " Qu'est-ce qui nous prendrait d'aller

20

faire sauter une entreprise irlandaise qui gagne honnêtement sa vie, alors qu'il existe tant de cibles britanniques qui font tout le contraire ? " »

Hilary consulta sa montre. Puis il appela Beyrouth. Il s'exprimait en arabe.

« Est-ce qu'Ahmed Kress est là ? »

Il attendit un moment. Son visage n'exprimait absolument rien. Puis un léger sourire se dessina sur ses lèvres, ce qu'il y avait de plus proche de tout le charme dont il était capable.

« Ahmed Kress ?... Devine... Non... Non... Je ne suis pas arabe... Hilary Glasp. »

A l'autre bout du fil, on se répandit en compliments. Après avoir pris part à cet échange de plaisanteries, Hilary adopta un ton plus grave. « Non, je dois l'avouer, ce n'était pas seulement pour renouer de vieilles connaissances. Qui sont ces gens de la fraternité du Croissant de Lune ?... Tu ne peux pas en discuter au téléphone... Très bien, laisse-moi te faciliter les choses... Est-ce que Farouk Hamzaoui est dans le coup ?... Tu ne peux pas le dire... Cela signifie, je présume, que oui... Tu ne peux toujours pas le dire... Très bien, permets-moi de changer de sujet... Que fait donc Abdul Farhaz à Londres ?... Il est mort ?... Comme c'est étonnant. Je l'ai vu l'autre jour... à Soho... dans une boutique qui vend du couscous à emporter, en train de s'empiffrer comme d'habitude... Je bavardais comme ça avec le major Sidney Mudgeon, le nouveau patron de la brigade anti-terroriste, et il est pratiquement convaincu que l'attentat à la bombe d'hier porte la signature d'Abdul Farhaz. Tu penses toujours qu'il est mort ?... Dans ce cas, c'est aussi bien que je t'aie appelé... L'attentat de Londres a été revendiqué par les Martyrs du 17-Septembre... cela pourrait-il être la nouvelle fraction de Farhaz ? Tu es toujours sûr qu'il est mort. Qui te l'a dit ? Farouk Hamzaoui ?... Tu ne te souviens pas... Oh! c'est de notoriété publique... Tu sais, je pense, que l'attentat était l'œuvre des Martyrs du 17-Septembre ?... Non, non, c'était plus tard, bien plus tard. La police ici est certaine que cette affaire n'a rien à voir avec Farouk Hamzaoui... ça n'est pas son style, d'après Mudgeon... Mudgeon se trompe ? » Hilary sourit et laissa s'écouler un moment. Puis il poursuivit avec calme. « Autrement dit, la fraternité du Croissant de Lune, c'est Farouk Hamzaoui ?... A moi de tirer mes conclusions... merci, mon ami... Non, je ne peux pas venir à Beyrouth pour le moment... Je n'ai pas envie de devenir otage...

« Non seulement ça, mais je n'ai pas confiance dans les interventions de l'Église anglicane... Au revoir... Oh! un dernier mot, mon cher ami... tu peux m'en croire, Abdul Farhaz est bien vivant et il est à Londres... donne-moi un peu plus de temps, je te procurerai son adresse et son numéro de téléphone... Mon numéro de téléphone ? » Hilary réfléchit un moment. C'était trop dangereux au cas où il y aurait des contacts entre Beyrouth et Scotland Yard. Il était, Dieu merci, sur la liste rouge, par la force de l'habitude. « Tu es toujours là ? As-tu de quoi écrire ? 946-2178. C'est cela. Adieu. » C'était un numéro qu'il venait d'inventer.

Il reposa lentement le combiné et se mit à réfléchir. Il regarda l'étroite rue de Soho où il avait acheté son appartement. Bien que la matinée fût ensoleillée, on remarquait tout juste les changements périodiques d'intensité de la lumière lorsque les enseignes au néon de la boîte de strip-tease Oh! là! là!, rouges comme des incarnats, et du salon de massage de l'Éternelle Ève se reflétaient sur les murs crasseux. Il remarqua soudain que l'échoppe du tailleur grec juste en face de sa fenêtre, celle d'A. Agnostopoulos, était ce jour-là déserte, les fenêtres ouvertes et le livide éclairage fluorescent éteint. Le vieil homme n'avait pas l'air bien ces temps derniers, quand on le voyait penché sur sa planche à repasser. Des ouvriers se mirent à poser un panneau : Superbe local à louer, agents exclusifs : Harry Goldhill et Nephew. Il y avait, bien sûr, un numéro de téléphone. Dans un éclair, un vaste plan aux proportions gigantesques se déploya comme une nappe dans l'imagination de Hilary. Ce n'était pas encore de la mégalomanie mais, à mi-chemin de l'objectif, c'était plus qu'un précieux auxiliaire.

Une telle chose était-elle possible ou bien n'existait-elle que dans la fiction, où le temps et l'heure, pour ne rien dire des coïncidences, étaient délicatement réglés par l'auteur pour s'adapter aux exigences de l'intrigue ? S'assurer l'initiative, c'était avoir le combat à moitié gagné, Hilary le savait par expérience. Le but de la riposte était seulement de reprendre l'initiative quand l'ennemi avait révélé ses intentions. Cela valait la peine d'essayer. Les êtres humains ont une agréable tendance à avoir l'esprit lent en tant qu'individus. Quand la solitude se multiplie pour atteindre à la collectivité, la lenteur d'esprit ne fait que s'accroître. Il va de soi qu'au niveau d'une nation la lenteur d'esprit est une véritable maladie. Le mécréant solitaire a toujours sur ses poursuivants un immense avantage, à moins d'avoir l'horrible malchance d'être dans l'erreur, ce que l'on a vu se produire, mais bien rarement.

Hilary décrocha le combiné. Il avait l'initiative. Il composa le numéro du bureau de Harry

Goldhill et demanda M. Goldhill. « Je vous appelle pour avoir des renseignements sur le local à louer au numéro 88... oui... exactement. Au fait, qu'est-il arrivé à M. Agnostopoulos ? Je vois... avait-il de la famille ? Non, je le connaissais à peine – je lui avais confié un jour un pantalon pour une retouche... Oui, je connais les locaux... une pièce sur la rue, une sur cour et des toilettes communes... et pour quel loyer ?... Ça me semble un peu excessif, vous ne trouvez pas, compte tenu de la vétusté de l'immeuble... Je veux dire : c'était ce que payait M. Agnostopoulos ?... Vraiment ?... Oh, je vous crois sur parole, monsieur Goldhill... Qui est le propriétaire ?... La société Oh! là! là!... Je vois... une branche de Oh! là! là! International, avec le siège à Palma de Majorque... Non, pas du tout... de toute façon, ce n'est pas pour moi que je prendrais ces locaux. Comment ?... Oh! mon nom est Gwynne... (Il s'empressa de noter son nom sur un bloc)... Lionel... oui... J'agis pour le compte de Cédarex... Import-export... avec le siège à Tunis. Oui, précisément, c'était au Liban, mais M. Boutros Abassouad a émigré à Tunis... comment le saviez-vous ?... Oh! Les Cèdres du Liban – Cédarex... en effet, en effet... vous feriez un excellent détective, monsieur Goldhill... Un reste de culture ? Vous êtes trop modeste, monsieur. Est-ce que je peux passer vous voir ? Aujourd'hui ? Quatre heures ? Parfait, j'y serai. »

Hilary examina ses finances. Toute sa vie, il avait été frugal, peut-être parce que personne ne lui avait jamais rien légué et que la maigre allocation qu'on lui donnait comme argent de poche à l'école avait été la seule et unique richesse qu'il avait jamais connue, assez pour s'offrir de temps en temps une barre de chocolat fourré. Mais il avait habilement investi même les sommes provenant de sa maigre pension et il était maintenant assez bien nanti pour pouvoir à sa mort faire l'étonnement de ses amis. Il résolut de prendre un bail aussi court que possible sur l'échoppe du tailleur. Si cela ne pouvait pas se faire rapidement, ça n'en valait pas la peine.

La discussion avec M. Goldhill porta uniquement sur la durée du bail, et non sur le montant du loyer. La conversation s'éternisait, M. Goldhill déclarant qu'il allait devoir en référer à Oh ! là ! là ! International, cependant que Hilary rétorquait qu'il devrait consulter Cédarex.

Avant le rendez-vous suivant, deux jours plus tard, Hilary appela le numéro d'Ahmed Kress à Beyrouth. La voix était inconfortablement proche et pourtant étrangement déformée. Ce n'était pas celle d'Ahmed Kress. « Oh, c'est toi, Glasp ? Tu nous as donné un faux numéro.

26

– Tu t'attendais à ce que je te donne le vrai ?

– Il y a toujours l'annuaire.

– Je suis sur la liste rouge.

– Je vois. Quoi qu'il en soit, je suis heureux que tu aies appelé, ne serait-ce que parce que je suis en mesure de t'annoncer, mon cher ami, qu'Abdul Farhaz est mort et enterré.

– Comment le sais-tu ?

– Je l'ai abattu et je l'ai enterré.

– Farouk Hamzaoui ?

– Tu fais erreur.

– Je reconnais ta voix. Tu as le même numéro qu'Ahmed Kress. Intéressant... »

Il y eut un silence.

« Comment vont mes bien chers frères du Croissant de Lune ? »

On raccrocha. Il n'y avait pas de mal à mettre un peu de pagaille à Beyrouth, encore qu'à aucun moment on n'en manquât là-bas.

Vingt minutes plus tard, Hilary rappela.

« Tu en sais trop sur nos affaires. Sois prudent, dit la même voix qu'auparavant, un peu haletante maintenant.

– Prudent ? Pourquoi ? fit Hilary avec un rire tranquille. J'en sais relativement peu, mais j'en devine beaucoup, et invariablement avec une inquiétante exactitude. Ce doit être ta faute. Mais permets-moi de te dire que si j'en sais trop,

27

toi, tu en sais trop peu. Abdul Farhaz est en vie et en bonne santé quelque part à Londres. Nous avons longuement parlé de toi et du Croissant de Lune. Il dit que tu n'es pas un mauvais bougre, seulement un peu fou et négligent...

— Mais j'ai abattu Abdul Farhaz à bout portant!

— Tu as dû te laisser aveugler par la passion. Abdul Farhaz n'est même pas blessé. Il s'est laissé pousser la barbe.

— Je l'ai toujours connu rasé!

— Je lui ai demandé depuis combien de temps il avait cette barbe. Il m'a dit qu'il se l'était laissée pousser voilà six mois, quand il était allé se réfugier chez les Druzes.

— Je l'ai abattu il y a deux semaines, rasé, et il ne s'est jamais réfugié chez les Druzes! » Farouk Hamzaoui criait maintenant. « Dieu m'en soit témoin! »

Hilary prit un ton pieux. « Dieu est témoin de tous nos actes, mon cher ami. Tout ce que je peux te dire, pour te prouver mon amitié et ma loyauté envers la cause du Croissant de Lune, c'est que, d'ici deux semaines, je devrais avoir l'adresse d'Abdul Farhaz. Quand ce sera le cas, je te la passerai. Et tu feras ce que tu jugeras bon. Tout ce que je peux t'affirmer pour le moment, c'est qu'il te méprise, qu'il assure que tu es un danger pour toute organisation à laquelle tu appartiens, puisque tu es à la fois indiscret et stupide. »

Il n'y eut à l'autre bout du fil qu'un long hurlement de rage.

« Je ne fais que te rapporter ses propos, poursuivit Hilary sans se démonter. Je considère cela comme mon devoir. Et maintenant, si tu veux bien m'excuser... il y a quelqu'un à la porte. C'est peut-être lui... »

Hilary raccrocha.

Il était tout rouge de plaisir. Il s'assit à sa table et commença une lettre pour Sidney Mudgeon, le nouveau chef de la brigade anti-terroriste.

« Cher Mudgeon, écrivit-il, cela vous intéressera peut-être de savoir que l'explosion qui a eu lieu devant le magasin de tricots Bit O'Blarney était bien l'œuvre des Martyrs du 17-Septembre, dont je suis un récent dissident : j'ai en effet perdu mon goût de la violence depuis que mon frère, Ali Shamadji, s'est tué en amorçant des bombes pour cette organisation. Je sais que l'attentat a été revendiqué par la fraternité du Croissant de Lune, mais il s'agit là d'une vantardise du plus grand bluffeur du monde islamique, Farouk Hamzaoui, à qui même les frères du Croissant de Lune ne font pas confiance.

29

Croyez-moi, le criminel que vous recherchez n'est autre que mon cousin éloigné, Abdul Farhaz. Il est actuellement en Angleterre, où il utilise le nom de Mustapha Taouil ou, parfois, de colonel El-Mouaouad. En espérant que vous ne tarderez pas à l'arrêter,

Je vous prie de croire, etc.,

Ibrahim Shamadji. »

Le major Mudgeon reçut la lettre un jour et demi plus tard. Le cachet de la poste indiquait que la lettre avait été postée à Loughborough. Hilary s'était rendu à la gare et avait pris le premier train en partance sans se soucier de sa destination. Elle s'avéra être Loughborough. Il fit un médiocre déjeuner dans un pub annonçant une « nouvelle cuisine à l'anglaise », ce qui voulait dire qu'il y en avait moins dans l'assiette et que cela coûtait plus cher. Puis il rentra à temps pour signer le bail des locaux pour l'usage et au nom de Boutros Abassouad, Cédarex, 121, boulevard du Combattant-Suprême, Tunis. Il contresigna en qualité de Lionel Gwynne, The Olde Forge, 34 Balaclava Crescent, Yeovil.

Il fit ensuite l'investissement de quelques meubles de bureau peu coûteux, à quoi il ajouta du papier à lettres, une machine à écrire d'occasion plutôt minable et du matériel d'agrafage. Devant le bureau, il posa une plaque flambant neuve, annonçant que cette porte permettait d'accéder aux locaux de la société anonyme d'import-export Cédarex (Grande-Bretagne), agent exclusif Mustapha Taouil. Pour parfaire le tout, il accrocha au bouton de porte un carton imprimé annonçant : « Absent pour le déjeuner. Retour à deux heures. »

D'un commun accord, le bail avait été conclu pour une période d'essai de trois mois, afin de donner à M. Abassouad, qui était actuellement malade, l'occasion de venir à Londres approuver le choix des locaux. Hilary régla en espèces le montant du loyer, ce à quoi M. Goldhill ne vit absolument pas d'objection.

Dès que Mudgeon eut reçu la mystérieuse missive, il convoqua l'inspecteur Hovaday, chargé de l'affaire.

Mudgeon, un homme courtaud, au visage rude et amusant, annonça devant une tasse de thé l'arrivée de la lettre à Hovaday, un homme plus grand, dégingandé et avec un début de calvitie.

« Savons-nous où elle a été postée ?

— Évidemment. Vous avez déjà reçu une lettre sans cachet de la poste ?

— Elle aurait pu être remise par messager, suggéra Hovaday.

— Dans ce cas, pourquoi m'avez-vous demandé où elle avait été postée ? »

Mudgeon avait horreur des raisonnements bâclés, tout comme Hovaday détestait qu'on coupe les cheveux en quatre.

« A Loughborough, annonça Mudgeon pour ne pas laisser plus longtemps Hovaday dans l'expectative.

— Loughborough? murmura Hovaday, incrédule.

— Oui, Loughborough. Connaissons-nous des Arabes dans ce patelin?

— C'est à peine si nous connaissons des Arabes à Londres, alors Loughborough, vous pensez! Il y a sans doute le quota habituel de Sikhs et de Pakistanais.

— Autrement dit, vous n'avez aucune idée?

— Pas encore, non.

— Vous n'allez pas me demander qui est le signataire de la lettre?

— J'imaginais qu'elle était anonyme.

— Oh! pourquoi vous imaginiez-vous cela?

— Je me disais que, si elle avait été signée, vous m'auriez dit le nom. »

Mudgeon marqua un temps pour laisser son irritation se calmer. Puis il jeta un coup d'œil à la lettre. « Ibrahim Shamadji », dit-il.

Hovaday tira des profondeurs de sa poche un bout de papier qu'il se mit à défroisser.

« Vous pourriez répéter? »

32

Était-ce vraiment nécessaire ? « Ibrahim Sha-madji, articula-t-il.

– Tiens, c'est un nom nouveau pour moi, dit Hovaday.

– Et les Martyrs du 17-Septembre ? A-t-on trouvé ce qui s'est passé le 17 septembre ?

– Sur ce point j'ai fait procéder à une enquête approfondie, auprès de l'université de Londres et de nos sources arabes.

– Et alors ?

– Il ne s'est absolument rien passé le 17 septembre.

– Rien ? Pas de coup de main israélien, pas de fusillade, pas d'anniversaire d'un prophète mineur ?

– Rien. Ce qui m'amène à la conclusion que tous ces noms sont purement arbitraires, inventés sous l'inspiration du moment pour donner l'impression que ces organisations sont plus importantes et ont des effectifs plus nombreux que ce que nous pourrions affronter. A vrai dire, je ne serais pas surpris si pour l'essentiel elles étaient constituées du même personnel. Si ce que je suspecte est exact, j'estime que les médias nous rendent un bien mauvais service en semblant prêter créance à toutes ces appellations différentes.

– Hum ! Incluez-vous là-dedans la fraternité du Croissant de Lune ?

« — La bande de Hamzaoui ? Hamzaoui a été identifié comme appartenant selon les cas à la fraternité de la Tente Noire, aux Guerriers du serment sacré, à l'Ombre du minaret et à la Voix du Prophète.

— Je comprends. Est-il toujours le suspect numéro un ?

— Non. Il reste un suspect mais, d'après notre informateur, il est toujours au Liban, et il a très peur.

— Est-ce que le bruit de sa mort n'a pas couru ?

— Si nous devions croire toutes les rumeurs, ils seraient tous morts. Un certain Abdul Farhaz est censé avoir abattu Hamzaoui mais, un peu plus tard, Farhaz lui-même a été tué par Hamzaoui, alors à vous d'y comprendre quelque chose.

— Ils ne nous facilitent pas la tâche, vous ne trouvez pas ?

— Non, en effet. »

Hilary connaissait si bien la mentalité de l'administration anglaise, qui affecte d'ignorer et qui garde ses distances en face d'un comportement émotionnel ou violent, qu'il pouvait presque deviner la nature des discussions à Scotland Yard, même s'il devait à un moment tirer un trait, tant certains aspects des conversations qu'il imaginait étaient proches de la caricature. Il comprenait toutefois fort bien ce qui laissait Mudgeon perplexe. Il s'octroya donc un nouvel après-midi de congé et adressa une seconde lettre à Mudgeon.

« Mon cher inspecteur, écrivit-il, comme vous l'avez peut-être remarqué, j'ai décidé que Loughborough était trop dangereux pour moi et j'ai donc provisoirement changé de résidence. J'ai appris que Hamzaoui a découvert où je me trouvais et que, grâce à la traîtrise de mes deux frères survivants, il connaît l'existence de la première lettre que je vous ai adressée, et le moins qu'on puisse dire est qu'il m'en tient rigueur. Je ne suis donc plus en sûreté, puisqu'il a confié à un informateur digne de foi qu'il avait l'intention de se rendre personnellement en Angleterre pour m'éliminer ainsi qu'un personnage beaucoup plus important que moi dans les milieux terroristes. Je veux parler, bien sûr, d'Abdul Farhaz, qui utilise en Angleterre le nom de Mustapha Tamil, bien qu'au moment où j'écris il se peut qu'il en ait encore changé. Je vous tiendrai au courant de ce que j'apprendrai. Il n'y a plus moyen maintenant de revenir en arrière. Comme dit notre vieux proverbe, j'ai sellé le chameau et il n'y a maintenant plus d'autre alternative que de traverser le désert. Votre frère, Ibrahim. »

Mudgeon jeta un coup d'œil au cachet de la poste. La lettre avait été postée à Devizes. Mudgeon soupira, commanda du thé et fit venir Hovaday.

Le destin, là-dessus, prit les choses en main. On interrompit le résumé des nouvelles pour annoncer qu'un diplomate iranien en exil, le Dr Bani Pal, jadis deuxième secrétaire à l'ambassade de Bagdad, avait été abattu par deux hommes montés sur une Vespa au moment où il sortait de toilettes pour hommes non loin de Leicester Square. Des témoins parlaient de deux hommes au teint basané s'enfuyant sur un scooter dans le flux de la circulation. On retrouva plus tard la Vespa abandonnée dans un parking près de Greek Street.

Hilary ne perdit pas de temps. Il traversa la rue pour gagner le bureau qu'il avait loué et se servit du téléphone pour appeler le chef des informations d'un autre quotidien à sensation.

« Allô, dit-il, je vous appelle à propos du meurtre du Dr Bani Pal ce soir, commença-t-il avec un fort accent arabe.

— Oui, répondit le journaliste, un peu crispé. Vous savez quelque chose là-dessus ?

— Il se trouve que Bani Pal était un traître à la cause.

— De quelle cause s'agit-il ? demanda le chef des informations qui commençait à perdre pied.

– De la vraie cause, clama Hilary.

– J'entends bien, mais je ne suis pas musulman et je n'ai qu'une connaissance très sommaire des causes dont vous disposez. Je présume que vous êtes iranien.

– Erreur.

– Arabe, alors. Vous êtes un fondamentaliste, c'est ça ?

– Un fondamentaliste socialiste.

– Je croyais que c'était incompatible.

– Jusqu'à la victoire finale, les deux sont compatibles. Après la victoire finale, nous verrons.

– Mais quelle organisation représentez-vous ?

– Je suis le porte-parole des Héros de la Promesse.

– Attendez que je note ça.

– Non ! Si vous prenez des notes, notre conversation est terminée !

– Ne faites pas ça. Dites-moi, pourquoi avez-vous choisi notre journal pour révéler cette information ? »

Il n'y avait pas de mal à s'amuser un peu pour la bonne cause. Hilary avait toujours opéré de cette manière, même au temps de sa splendeur.

« Nous avons choisi votre journal parce que nous pensions que vos questions seraient plus stupides que d'habitude. Nous sommes déçus.

— Je vois. Ma foi, c'est plutôt flatteur, non ?
Au fait, vous avez dit " nous ". Combien êtes-
vous ?

— Vous aimeriez bien savoir.

— Vous ne voulez pas me le dire ?

— Cent millions.

— Non, non. Je veux dire de membres de
votre groupe.

— Nous sommes plus d'un et moins de cent
millions... » Hilary poursuivait délibérément ce
bavardage, car il pensait bien que le chef des
informations avait griffonné un bref message
demandant à quelqu'un du bureau d'appeler la
police pour qu'elle essaie de repérer d'où venait
l'appel. C'était un risque, mais il estimait que le
moment était venu de donner davantage d'informations à la police, s'il voulait voir son plan
réussir. Il ne voulait pourtant pas tout révéler
d'un coup.

« Je vais vous quitter maintenant, annonça-
t-il.

— Non, non, ne raccrochez pas encore,
implora le chef des informations. Je veux faire
un grand article là-dessus. A la une. Quelque
chose qui attire l'attention sur vous et sur votre
œuvre.

— Mais oui, et en attendant vous avez passé
un mot à votre assistant pour qu'il demande à la

38

police de faire tous ses efforts pour identifier mon numéro de téléphone. Non, merci, je ne suis pas idiot. Je préfère vous donner le numéro moi-même, 177-4230. Vous êtes content ?

— Votre numéro ne m'intéresse absolument pas, dit le chef des informations, sa voix trahissant le fait qu'il le notait furieusement.

— Je vais même vous donner mon nom, si vous voulez bien me dire le vôtre ?

— Je m'appelle Stanley Bales.

— Je suis le colonel El-Mouaouad. »

Sur quoi, il raccrocha.

Ce fut deux heures plus tard qu'un correspondant anonyme appela Scotland Yard pour revendiquer l'attentat au nom de la fraternité du Croissant de Lune. On lui répondit que c'était trop tard, puisque l'attentat avait déjà été revendiqué : par les Héros de la Promesse. Le correspondant anonyme parut extrêmement mécontent et laissa entendre qu'il pourrait y avoir des répercussions. La standardiste de Scotland Yard ne comprit pas très bien ce que cela signifiait, mais la brève conversation fut aussitôt transmise à Mudgeon qui, comme d'habitude, était en train de prendre le thé avec Hovaday.

« 177-4230, dit-il. Les choses commencent enfin à prendre un vague sens.

— Avons-nous identifié le numéro ?

– C'est une cabine publique de Soho.

– Ah! c'est plutôt loin de Loughborough et de Devizes.

– Oui. Et l'homme qui a appelé a prétendu être un certain colonel Mouaouad.

– Ça ne me dit malheureusement rien. Leurs noms me paraissent tous les mêmes.

– D'après la première lettre reçue de Loughborough, le colonel Mouaouad est un pseudonyme utilisé par Mustapha Taouil qui à son tour n'est qu'un pseudonyme de...

– Abdul Farhaz ?

– Tout juste. Si bien que les Héros de la Promesse ne sont rien d'autre que les Martyrs du 17-Septembre ?

– Parfaitement.

– Vous savez, il est bien possible que toute cette activité terroriste ne soit l'œuvre que d'un homme ou deux. C'est comme un joueur de timbale et une troisième flûte qui s'appellent tantôt le philharmonique de Londres et tantôt la fanfare des Ateliers de Foden.

– Ça me plaît.

– Alors qu'est-ce qu'on fait maintenant ?

– J'ai fait contacter tous les agents immobiliers ayant des locaux à louer pour de courtes périodes dans le secteur d'Old Compton Street. » Il remua les cartes posées sur son bureau.

40

« Jakes and Jakes, Blankatwalla Brothers, Damian Ruskin, Pole and Vatni, Harry Goldhill et autres. Nous aurons très bientôt une liste des baux récemment signés pour une courte durée. Ça devrait nous aider. »

Sur ces entrefaites, le téléphone sonna. Le standard annonça que l'appel semblait venir de Beyrouth. Mudgeon prit aussitôt la communication.

« Bonjour, fit une voix d'un ton prudent, c'est bien le commissaire principal Midgin ?

— Mudgeon.

— De la brigade antiterroriste ?

— Qui est à l'appareil ?

— Vous ne connaissez pas mon nom.

— Vous voulez parier ?

— Quoi qu'il en soit, je tiens à protester avec la plus grande véhémence.

— Oh ? vous aussi ?

— Y a-t-il quelqu'un qui proteste avec véhémence ?

— Il y en aurait si nous leur en donnions l'occasion. Nous avons eu ce matin quelqu'un qui s'élevait contre le fait que le meurtre du Dr Bani Pal soit l'œuvre des Héros de la Promesse.

— C'est la vérité.

— Ah ! vous êtes d'accord ? Vous êtes donc Hamzaoui ? »

41

Il y eut un silence.

« Soyons raisonnables, insista la voix. Je ne suis pas Hamzaoui. Mon nom est Kress. Ahmed Kress. Je suis dans les relations publiques.

— Relations publiques ? fit Mudgeon, incrédule.

— Pour les indésirables, comme vous les appelez, bien à tort, poursuivit Kress. Pour les combattants de la liberté, pour les auteurs d'enlèvements, pour les révolutionnaires en général. Je m'efforce d'améliorer leur image.

— Bonté divine ! comment vous y prenez-vous ?

— En prouvant, de temps en temps, que des otages sont toujours en vie. Nous envoyons des cassettes vidéo, malheureusement de très mauvaise qualité, dans lesquelles ils déclarent qu'ils sont bien traités. Je suis le premier à reconnaître qu'elles ont plutôt des effets contraires en raison de la médiocrité de la technique. Elles donnent l'impression de gens tyrannisés, parlant sous la contrainte, ce qui n'est pas le cas.

— Permettez-moi d'être sceptique sur ce point.

— Ma main sur le cœur.

— Et l'autre serrant le cou de quelqu'un ?

— Vous vous méprenez sur mon compte.

— Je croyais que vous étiez en colère.

— Ce n'est pas moi qui suis en colère, je suis simplement indigné.

42

– C'est Hamzaoui qui est en colère.

– Vous êtes bien renseigné.

– Je me sers de ma cervelle. Hamzaoui est furieux parce que Farhaz lui coupe l'herbe sous le pied.

– Farhaz est mort.

– Ce ne sont pas les renseignements que j'ai.

– Non ?

Kress semblait sincèrement stupéfait.

– Pourquoi êtes-vous surpris ?

– J'étais à l'enterrement.

– Il n'y a pas eu une erreur ?

– Il a fallu soutenir sa femme.

– A-t-elle identifié le corps ?

– Il était impossible à identifier. Hamzaoui y a veillé.

– Peut-être avait-il ses raisons de vouloir la mort de Farhaz ?

– Des raisons ?

– Il se fait des illusions ?

– Et vous croyez... ?

– Je crois que c'est Farhaz qui est l'auteur des crimes récemment commis à Londres. C'est lui que nous recherchons. C'est lui que nous allons prendre.

– Par tout ce qui est saint ! Tout cela est profondément offensant pour les frères du Croissant de Lune qui proclament avec orgueil leur responsabilité. Vous ne comprenez donc pas les sentiments de Hamzaoui ? C'est comme une gifle en plein visage.

— Il n'y a pas de visage que je giflerais avec plus de plaisir. Si j'y parviens et si j'arrête Farhaz, je serai comblé. »

Mudgeon raccrocha, avec le sentiment, comme Hilary avant lui, d'avoir déclenché sa part de chaos au cœur des organisations démentes à Beyrouth.

Peu après, il reçut de Goldhill la confirmation que la vieille échoppe d'Agnostopoulos avait été louée très récemment à une firme du nom de Cédarex, ayant son siège social à Tunis, et qui s'occupait d'import-export. Le signataire du bail était un certain M. Lionel Gwynne, habitant The Olde Forge, 34 Balaclava Crescent, à Yeovil.

Il suffit d'un coup de fil à la police de Yeovil pour découvrir qu'il n'y avait pas de Balaclava Crescent à Yeovil, et d'un autre à Tunis pour apprendre des nouvelles tout aussi édifiantes, à savoir qu'aucune société du nom de Cédarex n'était habilitée à faire commerce en Tunisie.

« De la négligence tout cela, marmonna Mudgeon. Ils ont une très bonne mémoire et aucune prévoyance. »

Hovaday appela de sa voiture de police à Soho.

44

« Alors ?

— Bonne nouvelle, si on peut appeler ça bonne. L'agent exclusif de Cédarex est Mustapha Taouil. Son nom figure sur la porte, en anglais et en arabe.

— Aucun signe de vie là-bas ?

— Pas le moindre. La porte est fermée à clef. Il y a une pancarte annonçant qu'il est parti déjeuner. Ça m'a tout l'air d'un très long déjeuner. Que voulez-vous que je fasse... que j'entre en force ?

— Pas encore. Faites surveiller l'endroit. A propos, Cédarex est une société qui n'existe pas et M. Gwynne, qui a signé le bail, est sorti de l'imagination de quelqu'un.

— Sans doute de celle de Taouil.

— Peut-être bien. »

De sa fenêtre, Hilary avait remarqué une voiture de police garée plus bas dans la rue, ainsi que certaines allées et venues devant l'entrée du numéro 88. C'était extraordinaire, ce don qu'avait la police de proclamer sa présence chaque fois qu'elle faisait l'effort de se montrer discrète. Il y avait quelque chose dans la démarche des policiers, dans leur façon de regarder d'un côté puis de l'autre, et même vers le ciel, avant d'entrer dans un bâtiment, des choses que le commun des mortels ne ferait jamais ; leur

45

façon aussi de fixer les vitrines des magasins pour suivre les mouvements de ceux qui se trouvaient derrière eux reflétés sur la vitre, tout cela claironnait leur présence.

Le moment était propice. La police avait mordu. Hilary appela Beyrouth. Ce fut Ahmed Kress qui répondit dans un état de vive agitation.

« Pourquoi n'as-tu pas appelé hier, ni avanthier ? Et maintenant ? Qui sait ? Il est peut-être trop tard !

— Qu'y a-t-il ?

— Hamzaoui est comme une bête furieuse, la main sur mon cœur, que je tombe en poussière si j'exagère !

— Que s'est-il passé ?

— Faute d'avoir pour te joindre un numéro de téléphone exact, il en a été réduit à téléphoner à ce colonialiste avoué de Mudgeon, qui parle avec un paternalisme condescendant intolérablement humiliant pour quelqu'un d'aussi fier que Farouk Hamzaoui. Cet homme a affirmé que Farhaz est toujours vivant et que Scotland Yard estime qu'il constitue une menace plus redoutable que lui, Hamzaoui. Tu imagines combien une telle déclaration est insupportable pour un homme comme Hamzaoui, qui a l'habitude d'être considéré comme la plus terrible menace qui soit, et surtout venant de Scotland Yard, une

46

organisation que nous avons été habitués à admirer grâce à Agatha Christie, Dorothy Sayers et Mme Tussaud.

– Que puis-je faire pour t'aider ?

– Farouk Hamzaoui jure qu'il va se rendre en personne à Londres pour découvrir la vérité.

– Où est-il actuellement ?

– En ville, à se chercher un passeport syrien.

– Je peux lui faciliter la tâche. J'ai trouvé l'adresse à partir de laquelle Farhaz opère.

– C'est bien. »

Hilary lui donna l'adresse et le nom de guerre, Mustapha Taouil, mais, insista-t-il, cette information était pour le seul usage de Hamzaoui et ne devait être communiquée à personne, surtout pas à la police.

« Dans l'humeur où il est, je ne peux rien garantir. Il est capable de me tuer, même de se tuer, par pure exaspération. Il n'est pas dans son état normal. Mais peut-être ton renseignement va-t-il le calmer. Je vis dans cet espoir. Crois-moi.

– Mais il est bien décidé à venir à Londres ?

– Dès l'instant où il a décidé quel passeport utiliser, ça veut généralement dire que sa décision est prise. J'espère seulement qu'il m'appellera avant de partir pour l'aéroport, sinon...

– Il doit bien faire sa valise ?

47

– Depuis quand ? Il se plaît à dire qu'il est toujours prêt à partir sur-le-champ, pour n'importe quelle destination, ou pour l'autre monde. C'est le lot du combattant.. »

Hilary devait opérer avec la plus grande diligence. Il reconnaissait que le moment psychologique était arrivé et, si la subtilité et la clarté d'esprit demeuraient essentielles, la rapidité était non moins nécessaire. Il s'empressa d'écrire une troisième et dernière lettre à Mudgeon.

« Mon frère,

Devizes s'étant à son tour révélé trop brûlant pour mon confort, j'ai une nouvelle fois changé de résidence pour gagner un endroit où je puisse plus facilement disparaître dans la foule. Hamzaoui, un homme d'un courage incontesté mais d'une dangereuse inconstance, est déterminé à régler ses comptes avec Farhaz qui, estime-t-il, l'a traîtreusement privé de deux attentats. Mon informateur dans la vallée de la Bekaa me dit que l'équipe de tueurs est en ce moment même en route pour Londres, avec à sa tête Hamzaoui en personne, et que ce dernier va selon toute probabilité utiliser un passeport syrien pour entrer dans ce pays. Je vous supplie en tant que frère, n'attaquez pas trop tôt le quartier général de Farhaz. En vous montrant patient, vous capturerez peut-être du plus gros gibier que le maudit Abdul, à savoir Farouk Hamzaoui et une poignée de ses plus célèbres hommes de main, sous quelque nom qu'ils puissent aujourd'hui exercer leur perfide activité. Comme dit le proverbe, la rapidité est la récompense du faucon, la patience celle du fauconnier. Qu'Allah guide vos pas.

Votre bien fidèle,

Ibrahim Shamadji. »

« Il a peut-être raison, murmura Mudgeon. J'aime bien le coup du fauconnier.

— Toujours postée à Devizes.

— Non, figurez-vous. Edgware.

— Edgware ? Il prend de l'audace.

— Il couvre ses traces. Il est pressé maintenant. Les choses se précipitent. Il n'a pas le temps matériel d'aller aussi loin que Loughborough ou Devizes.

— Vous croyez ?

— Absolument. Je me demande même parfois si c'est vraiment un Arabe. Tous ces proverbes font un peu trop *Mille et Une Nuits* pour être vrais.

— Qui ça pourrait-il être ?

— Je m'en fiche un peu. S'il continue à faire notre travail pour nous comme ça, il mérite une médaille.

— Avons-nous contacté la police des frontières ?

« – Oui. Nous avons demandé qu'on nous signale tous les passeport syriens, mais en demandant qu'on laisse passer leurs détenteurs.

– Nous les prendrons en filature ?

– Exact. »

Vers la fin de l'après-midi, un message arriva de Heathrow. Un seul passeport syrien, en même temps qu'un égyptien, un cypriote, un algérien et un d'Oman, tous les détenteurs de ces divers documents prétendant n'avoir rien à voir les uns avec les autres, jusqu'au moment où, le contrôle de police et la douane franchis, ils étaient tous partis dans la même voiture louée chez Hertz. Le véhicule était une Austin Montego immatriculée KRC 217D. On la suivit discrètement jusque dans le West End, où elle fut laissée sur Soho Square. Les cinq passagers, quatre hommes et une jeune femme, qui tous auraient pu répondre au signalement habituel de « méditerranéen », se dirigèrent vers un restaurant libanais d'une des petites rues de Soho, le Byblos. Là, ils apaisèrent leur nostalgie pour ce qu'ils n'avaient que récemment quitté, attendant de toute évidence la tombée de la nuit.

Hilary, assis à sa fenêtre dans la pièce plongée dans l'obscurité, éprouva dans ses os une sensation qui le ramena aux rares instants d'excitation de sa vie active ; il savourait la tension qu'il ressentait au creux de l'estomac, tout autant que les tentations de la folie des grandeurs. Néron avait-il une meilleure place au Colisée que cette loge royale d'où il pouvait plonger au cœur de la scène qu'il avait lui-même conçue ? Pour l'instant, elle était encore sombre mais, si tout se passait comme il sentait que cela devrait, elle allait être bientôt une ruche bourdonnante d'activité, des gladiateurs allaient s'y affronter dans un combat mortel, pour sa seule distraction. Il n'avait qu'à attendre le lever du rideau.

Il réfléchissait, assis à sa fenêtre, et l'air frais du soir baignait doucement son visage, lui donnant l'impression d'être fraîchement rasé. La vengeance. C'était là, décida-t-il, son mobile. Il devait y avoir des moments où tous ces croulants, dans les cottages ou les pavillons où ils s'étaient retirés avaient dû éprouver la même envie, mais peu d'entre eux avaient eu le cran, l'imagination, les capacités intellectuelles pour concevoir un plan et pour le mettre en pratique. D'accord, il y avait eu un livre, plusieurs même, non seulement écrits par des anciens agents, mais aussi par de prétendus experts à la frange du monde du renseignement, de ces oracles que consultaient les journaux les moins sérieux dans les moments de drame, et qui vivaient fort bien des connaissances qu'ils affichaient dans un domaine où personne ne savait jamais toute la vérité.

Les avides lecteurs de fiction, y compris de fiction habilement travestie en document, s'imaginent toujours que la communauté du renseignement est pratiquement infaillible. Bien sûr, des erreurs se commettent. C'est une garantie d'humanité. Mais, dans l'ensemble, les services de renseignement jouissent de la réputation d'être ce que suggère leur nom même d'Intelligence Service, par exemple, la crème de tout ce qui allie le courage aux qualités intellectuelles. Hilary, lui, n'était pas dupe.

Il se souvenait encore avec agacement d'avoir été convoqué, dans les années 50, par sir Aubrey Wilkett, alors chef du MI 5, afin de recevoir ses instructions pour sa nouvelle mission.

« Vous allez vous rendre en Perse, afin d'employer vos incontestables talents à déstabiliser le gouvernement du Dr Mossadegh. Vous connaissez sans doute aussi bien que moi la situation là-bas.

— Je sais que les Iraniens essaient de se débarrasser des intérêts britanniques dans le pétrole.

— Qui fait cela ? avait aboyé sir Aubrey, craignant d'avoir manqué un élément vital de la situation.

— Les Iraniens.

— Qui sont ces gens-là ?

– On les appelait autrefois des Persans.

– Autrefois ? Autrefois ? Écoutez-moi, jeune homme, pour moi ils sont encore des Persans et ils le resteront toujours. J'en ai par-dessus la tête de leurs perpétuels efforts pour embrouiller les problèmes. Quelle idée absurde de changer l'identité des peuples après des siècles d'histoire ! Est-ce qu'on appelle le chat de ma femme un Thaïlandais ? Non, monsieur, absolument pas. C'est un chat siamois. Est-ce que le chien de ma mère – oui, j'ai encore ma mère... elle a quatre-vingt-seize ans, Dieu la bénisse – est-ce que son chien est un Beijingois ? Pas que je sache. C'est un chien particulièrement désagréable. Je ne vois pas pourquoi il devrait en outre être affligé d'un nom de race imprononçable. »

Hilary avait argué qu'il n'était peut-être pas le choix idéal pour ce poste, puisqu'il ne parlait pas un mot de... persan. Sir Aubrey avait d'un geste vague mais péremptoire écarté l'objection.

« Allons donc, vous êtes un expert pour ce qui concerne cette région du monde. »

C'est incroyable cette façon qu'ont les Britanniques de diviser le monde en régions indéfinissables quand on demande une vision globale des choses ; des régions qui incluent des éléments absolument incompatibles entre eux, ce qui nécessite évidemment un certain maintien de

53

l'ordre et autres interventions de la part de ceux qui ont l'expérience de ce genre de problèmes.

Sir Aubrey considérait le Dr Mossadegh comme un vieux toqué en pyjama, qui tombait malade chaque fois qu'il se trouvait à court d'arguments. Hilary, à jamais marqué par le fait d'être né au milieu d'une gare « dans cette région du monde », avait tendance à voir le même individu comme un personnage héroïque qui s'efforçait de libérer son pays de toute influence étrangère. Ce n'était pas seulement parce qu'il ne parlait pas la langue, mais assurément aussi parce que ni son cœur ni son talent n'adhéraient pleinement aux répréhensibles instructions qu'il avait reçues, qu'il fut arrêté avant d'avoir eu le temps de causer aucun dommage ; après deux ou trois pénibles semaines dans une prison iranienne, où il partageait sa cellule avec un agent américain capturé dans des circonstances similaires, et qui proclamait son patriotisme avec une insistance pathétique, comme s'il croyait que Hilary pouvait être un mouton installé pour le mettre à l'épreuve, on lui permit de rentrer chez lui.

« Pas de chance », commenta sir Aubrey, qui tenait cette mésaventure pour un des hasards du métier.

Hilary, par la suite, fut envoyé en Égypte afin

d'aider à enflammer les Égyptiens contre le colonel Nasser, à la veille du coup franco-israélo-britannique de Suez. Par une ironie du sort, il était encore moins qualifié pour cette mission en raison du fait que cette fois il connaissait la langue et qu'il comprenait donc pleinement jusqu'à quelles profondeurs les provocateurs avaient coulé. Il comprenait d'instinct les aspirations des opprimés et des minorités à pouvoir s'exprimer. Au fond, il était à lui tout seul une minorité : les rues arabes avaient été son terrain de jeu ; ses premiers souvenirs d'enfance, il les partageait avec des gosses braillards dont il avait adopté l'exubérance jusqu'au jour où on lui avait imposé ce moule de discrète convenance à porter là où on lui avait dit que c'était chez lui.

Il était forcé d'être un instrument mineur de la haine aveugle qu'Anthony Eden vouait au colonel Nasser, et il rechignait comme un enfant boudeur. Ce fut peut-être l'affaire de Suez qui, plus que toute autre chose, cristallisa la réflexion de Hilary et donna à son ressentiment une direction et un but. Il est arrivé plusieurs fois que des hommes remarquables aient été contraints de renoncer à leur siège au Parlement parce qu'on les avait surpris en flagrant délit de mensonge ; Eden pourtant se vit anobli alors que son mensonge éhonté devant le Parlement avait eu des conséquences désastreuses pour son gouvernement et pour lui-même. Mentir à propos d'un problème personnel méritait évidemment plus une condamnation que mentir à propos d'un événement public qui avait coûté la vie à de nombreux innocents.

Depuis le début de la conquête, leur politique a conduit les puissances coloniales à se rendre coupables d'actes de terrorisme tels qu'exécutions sommaires à titre d'exemple ou destruction arbitraire de villages. Et pourtant, aujourd'hui, le terrorisme ne semblait s'appliquer qu'à des formes d'exaspération intellectuelle atteignant leur apogée dans les prises d'otages, les voitures piégées ou la pose de valises bourrées d'explosifs dans des lieux publics. Tout ce genre d'actions ne mène finalement qu'à la banqueroute et il n'y a pas de différence entre elles sauf, parfois, dans l'échelle des opérations. Tout comme on emploie maintenant le mot démocratie dans des acceptions politiques extrêmement différentes pour décrire des structures sociales extrêmement différentes, de même le terrorisme est-il un instrument de répression depuis les premiers cambriolages territoriaux. On a pris des otages bien avant que Richard Cœur de Lion se languisse dans un donjon d'Anatolie, en attendant qu'on verse sa rançon. Depuis l'aube de l'histoire écrite, on a massacré des innocents et, aujourd'hui encore, on tue des hommes, des femmes et des enfants, non pas à cause de leur culpabilité, mais pour faire un exemple. Être perpétuellement choqué par de tels événements, c'est ignorer l'Histoire, ou bien n'être qu'un charlatan démagogue. Jamais on n'a vu aussi peu coexister deux poids et deux mesures : les étalons qui servent à juger la morale des actes sont aussi variables que le temps et ont droit à leur échelle propre, qui prend en considération les conditions locales, les préjugés en vigueur, les bouleversements climatiques et les précédents.

C'étaient là des valeurs que Hilary ne s'attendait pas à connaître. Rien dans son éducation n'avait contribué à lui préparer une vue aussi personnelle des choses. C'était dû à son isolement, aux circonstances de sa naissance, souvent plus dangereuses pour la paix de l'esprit que d'autres concours de circonstances.

Une lumière qui s'allumait dans les bureaux de Cédarex vint interrompre sa rêverie. Au même instant où il voyait le premier homme en cagoule surgir avec une inutile violence, et s'emparer d'une poignée de documents sans intérêt posés sur la table, on frappa avec une soudaine brusquerie à sa propre porte. Aussi agacé que quelqu'un qu'on arrache à un profond sommeil, il se leva en trébuchant sur les meubles dans le noir, impatient de mettre un terme à cette interruption.

« Qu'est-ce que c'est ? cria-t-il, furieux.

– Police », répondit-on.

La réalité, comme une stalactite glacée, vint chez lui toucher un nerf.

« Que voulez-vous ? demanda-t-il.

– Ouvrez la porte. »

Il le fit avec prudence après avoir jeté un coup d'œil derrière lui, remarquant que les lumières s'étaient de nouveau éteintes. Ils n'avaient quand même pas pu échapper au piège ?

Deux hommes se tenaient sur le seuil, grotesquement attifés de la tenue d'astronautes qu'ont mise à la mode les conflits modernes, des armes automatiques au poing et plantés là dans une attitude de vigilance étudiée.

« Nous avons besoin d'utiliser votre fenêtre. C'est urgent. »

Hilary n'avait pas prévu cela. Il allait devoir improviser avec beaucoup de logique. Les policiers pénétrèrent dans la pièce. L'un d'eux s'arrêta, méfiant.

« Alors, on était assis dans le noir, hein ?

– Ça m'arrive souvent. »

Son collègue vint se poster à la fenêtre.

« Quoi que vous fassiez, n'allumez pas, dit l'autre à Hilary.

– L'idée ne m'en viendrait même pas, répliqua Hilary. D'ailleurs, j'allais appeler la police. Il se passe quelque chose de suspect là-bas. Des hommes masqués.

– Ah ! vous les avez vus ? demanda celui qui s'appelait Geoff.

– Ça a dû se passer pendant qu'on était dans l'escalier, observa son collègue.

– Oui, je les ai vus... du moins, j'ai vu l'un d'eux. »

Il y eut un silence.

« Vous disiez que vous vous apprêtiez à appeler la police et pourtant vous n'étiez pas pressé de nous laisser entrer, fit Geoff.

– Ça n'est pas mon appartement, vous comprenez. Le propriétaire est en voyage. Il a eu l'obligeance de me le louer. Je ne peux pas prendre toutes les décisions.

– Qui êtes-vous ? »

Hilary avait hâte de mettre un terme à sa situation d'inférieur. Il fallait prendre l'initiative. L'initiative, c'est ce qui passe avant tout.

« Colonel Crisp, dit-il.

– Oh ! je suis désolé, mon colonel, murmura Geoff. Si j'étais vous, mon colonel, j'irais dans une autre pièce.

– Je crois que je sais être ferme au feu, lança Hilary d'une voix sèche.

— Je n'en doute pas, mon colonel. Alors vous saurez que le mieux à faire est de vous allonger par terre.

— Pas nécessairement. Tout dépend du genre de tir auquel nous pouvons nous attendre.

— Ce sont des désespérés, déclara l'autre policier.

— Des Arabes, n'est-ce pas ?

— Oui, pour autant que nous le sachions. »

Il y eut un nouveau silence lourd de vigilance.

« Qui est propriétaire de cet appartement ?

— Un de mes amis, un type charmant, Hilary Glasp. Il va être navré d'avoir manqué ça. C'est un spécialiste du Proche-Orient. Il est aux États-Unis en ce moment, où il donne des conférences là-dessus. C'est bien l'ironie du sort. »

Le faisceau d'une torche électrique balaya les murs de la pièce d'en face.

« Dieu merci, murmura Hilary, ils sont encore là.

— Pourquoi dites-vous cela, mon colonel ? interrogea Geoffrey.

— C'est assez évident, non ? répliqua Hilary sans chercher à dissimuler son irritation. Dès l'instant où la police les laisse sortir, ça tournera au combat de rue, et il y a toujours le risque qu'un passant innocent soit blessé. Si on les confine dans cette pièce, c'est comme si on limitait l'extension d'une maladie.

60

– Un cordon de police isole la rue.

– Il y a des gens qui habitent cette rue. Sitôt qu'il va se passer quelque chose, maintenant même, justement parce que le quartier est bloqué, des gens vont apparaître aux fenêtres ou sur le pas de leur porte. Vous savez quelle irrépressible curiosité... »

Un coup de feu isolé vint interrompre Hilary.

Geoff était allongé, tendu comme un chien de chasse. Il vissa lentement un embout à l'extrémité du canon de son fusil.

Tirée de la fenêtre de Cédarex, une rafale de mitrailleuse balaya la rue. Il y eut des cris, très brefs, très rauques, dont on ne pouvait pas plus deviner la portée que l'origine. Une voix soudain lança dans le walkie-talkie de Geoff un message crépitant de parasites.

Geoff envoya une bombe lacrymogène de l'autre côté de la rue. Il avait bien visé. Il y eut d'autres cris, des jurons, et aussi un hurlement de femme. Puis des bruits de toux.

Tandis que la fusillade prenait de l'ampleur, la voix poursuivait sa litanie grésillante dans le walkie-talkie.

Tout d'un coup, Geoff dit : « Bien. »

Les deux hommes postés à la fenêtre de Hilary ouvrirent le feu sur le bureau d'en face plongé dans l'ombre.

« Avec un peu de chance, ça a peut-être fait l'affaire », marmonna Geoff.

Une rafale pénétra dans l'appartement de Hilary, fracassant des bibelots, faisant tomber des tableaux et criblant le mur de balles.

« Ça va, mon colonel ? cria Geoff.

— Vous n'allez pas riposter ? » lança Hilary, éblouissant dans le rôle du colonel Crisp scandalisé.

Geoff et son collègue firent ce qu'on leur ordonnait jusqu'au moment où la voix dans le talkie-walkie se mit à glapir.

« Ne tirez pas », clama Geoff.

Il y eut un silence inattendu.

Puis, de l'autre côté de la rue, une unique ampoule s'alluma, qui avait miraculeusement survécu à la fusillade. Un policeman apparut dans la faible lueur, inspectant le plancher et avançant avec précaution.

« C'est fini, annonça Geoff. Vous pouvez allumer, mon colonel. »

Hilary tourna le commutateur, mais rien ne se passa. Il sentit sous ses semelles du verre brisé.

« Ils ont eu ma lampe, grommela Hilary. Vous n'avez pas touché la leur.

— Mais nous, riposta Geoff, nous les avons eus. Et eux ne nous ont pas eus.

— C'est vrai », reconnut Hilary. Il ne fallait

pas faire passer Crisp pour un idiot, simplement pour un homme d'action pragmatique.

« Qui va payer tout cela ?

— Il va falloir une estimation des dégâts et un rapport.

— Et l'insupportable délai habituel. Je ne sais pas comment je vais annoncer la nouvelle à Glasp.

— Tout sera réglé selon.

— Selon quoi ?

— Vous savez bien, mon colonel. Selon. Pauvre M. Glasp ! Ce n'était pas son jour, hein ?

— Oh ! je ne sais pas. » Hilary se permit d'exprimer un soupçon d'amusement. « A la réflexion, je pense que Glasp va être furieux d'avoir manqué tout ce cirque.

— Ce cirque ?

— Vous ne trouvez pas ? »

Les tireurs d'élite s'en allèrent, refusant la tasse de thé qu'on leur offrait sans entrain, et Hilary se retrouva seul. Il se rendit dans la cuisine où il prit un escabeau et une ampoule électrique neuve. Il constata que le branchement lui-même avait été endommagé et il alluma une bougie qu'il gardait pour les cas d'urgence. A sa lueur sinistre et vacillante, il put voir que les dégâts étaient considérables. Une petite lampe auprès de la cheminée avait été

63

réduite en miettes; il y avait des trous dans le mur et le plafond, et du plâtre s'était écaillé; deux cadres avaient été arrachés du mur.

Certes, tout cela avait été excitant, mais ce n'était guère le genre d'excitation auquel il s'attendait. Envolés le détachement olympien, l'intention de tirer les ficelles pour que les marionnettes jouent pour lui seul. Il avait dû partager sa loge royale avec des importuns, et voilà que par mégarde il était devenu une cible pour d'éventuelles représailles. Il fallait absolument que le colonel Crisp disparût et que Hilary Glasp retrouvât, consterné, son appartement dévasté.

Il eut la tentation de sortir, d'aller voir un film peut-être, n'importe quoi pour se changer les idées. Cela lui donnerait un répit, et l'inspiration reprendrait son cours, sans être affectée par les événements qui s'étaient abattus sur lui avec une suffocante intensité. Il n'aimait pas vraiment le cinéma, sauf à titre de diversion, de passe-temps. La moralité des lois d'antan, qui récompensait la vertu et punissait les méchants, lui paraissait si éloignée de la vie réelle qu'elle risquait même de corrompre cette mystérieuse famille dont le cinéma espérait flatter les goûts en lui montrant un univers béat, loin des sordides réalités qui nous entourent tous. Cet heureux optimisme semblait à Hilary presque indécent. Et les récents événements n'avaient rien fait pour colorer sa vision, du moins pas en rose. Il souffla la bougie et s'apprêta à sortir. La rue était toujours bloquée par un cordon de police et il y avait des policiers partout. N'importe, il faisait nuit maintenant. Hilary se dit qu'il allait prendre le risque. Il s'approcha de la porte et regarda par le judas. Il y avait un homme qui rôdait dans la pénombre du couloir. Hilary le remarqua parce qu'il fumait.

« Qui est là ? interrogea Hilary, d'une voix tremblante d'agacement.

— Ernie Bask. » Et l'homme ajouta le nom du quotidien auquel Hilary avait téléphoné son premier message de la part des Martyrs du 17 Septembre.

« Qu'est-ce que vous voulez ?

— Faire une photo des dégâts.

— Eh bien, ce n'est pas possible !

— Alors, vous ne pensez pas que le public a le droit d'être informé ?

— Au diable le public. Et au diable vous-même. Vous ne représentez pas le public. Au contraire.

— Qui est là ? M. Glasp ?

— Non ! » Exaspéré, Hilary ferma les yeux. Il avait espéré se débarrasser du colonel Crisp. Voilà qu'il ne pouvait pas se le permettre.

65

« Je suis un ami de M. Glasp, si vous tenez à le savoir. Je ne peux pas vous laisser entrer sans sa permission.

– Quand rentre-t-il ?

– Je ne peux pas vous le dire.

– Est-ce qu'il sait ce qui s'est passé ?

– Oui, j'ai réussi à le joindre.

– Où est-il ?

– Il était en Amérique.

– Il est toujours là-bas ?

– En quoi ça vous regarde-t-il ?

– J'ai besoin de quelques détails supplémentaires pour mon article.

– Écoutez. Laissez-moi tranquille. C'est une atteinte à la vie privée. Ayez l'obligeance de décamper.

– Vous ne voulez pas me laisser entrer ?

– Non, et je ne sors pas davantage.

– Pour quelle raison ?

– Elles sont trop nombreuses pour que je les énumère. Je suis un reclus.

– Vous m'autorisez à citer cette déclaration ?

– Comment avez-vous le toupet de me le demander ? Vous allez inventer ce qui vous plaira, ce qui vous arrange. Vous faites toujours ça. »

L'homme eut un petit ricanement.

« J'avoue que ce métier exige une certaine

dose d'imagination, mais si des gens comme vous collaboraient avec nous, ce ne serait peut-être pas nécessaire.

– Si vous ne partez pas, je vais appeler la police.

– C'est la police qui m'a raconté ce qui s'était passé. On m'a dit que vous étiez le colonel Cripps ou Crisp.

– Alors pourquoi m'avez-vous demandé si j'étais M. Glasp ?

– C'est le nom qui est inscrit sous votre sonnette.

– Bonsoir.

– Vous n'allez pas changer d'avis ? »

Hilary ne prit même pas la peine de répondre. Il ferma la porte à double tour et revint dans son appartement plongé dans l'obscurité. La dernière chose qu'il pouvait se permettre maintenant, c'était une photographie de lui dans les journaux. Il s'imaginait déjà M. Goldhill voyant la photo et allant trouver la police pour annoncer que c'était lui Lionel Gwynne qui avait loué les locaux au nom de Cédarex. Il ne pouvait tout simplement pas se permettre maintenant de bévue de ce genre. La seule arme qui lui restait contre le photographe dans le couloir, c'était le pur ennui. Il lui fallait renoncer à son idée d'aller au cinéma en attendant qu'assez de temps se fût écoulé pour supplanter la bataille de Soho à la une des journaux. Il passa dans la cuisine, tira les stores et se fit chauffer une boîte de macaronis au gratin. Rien n'excite l'appétit comme l'adversité. Il était prisonnier dans son propre appartement, ce qui avait de quoi porter un coup intolérable à son euphorie. Il se retrouva soudain sur la défensive, prenant soin de ne pas s'attarder trop près des fenêtres qu'il imaginait encadrées dans le viseur d'appareils-photo dissimulés dans la nuit.

Extrêmement nerveux, il avala son misérable souper, laissa l'assiette et la fourchette dans l'évier et se retira dans sa chambre. Là encore, il tira les rideaux avant d'allumer. Il mit en marche le petit récepteur de télévision, tripota l'antenne et attendit les informations.

Elles étaient, bien entendu, dominées par les événements de la soirée. Des gros plans du trottoir, avec des lignes tracées à la craie délimitant des surfaces éclaboussées de sang séché, donnaient un caractère horriblement vivant à d'autres aspects de la bataille, des aspects dont jusqu'alors Hilary n'avait pas directement pris conscience. Il y avait des clichés d'un Arabe blessé qu'on transportait jusqu'à une ambulance, et une brève interview de Mudgeon. On évoquait toute l'affaire comme un triomphe pour la brigade antiterroriste, et le Premier ministre la saluait comme « un nouvel et vibrant épisode dans la guerre que mène l'Angleterre contre le terrorisme, et un exemple pour les autres nations ».

Hilary frappa du poing une table de chevet. Il se mit à crier tout haut. Cela lui semblait une violation de copyright, cette façon de s'approprier son festival d'ironie, son geste de dérision. Comment l'establishment, content de lui et satisfait, pouvait-il revendiquer la paternité d'un plan précis et minutieux, aussi soigneusement élaboré qu'un horaire des chemins de fer ? (Comme son père aurait été fier de lui.) Tout l'intérêt de la chose, il est vrai, tenait au fait que l'affaire était secrète, tantôt théorique et tantôt pragmatique, mais toujours profondément personnelle et, bien évidemment, intelligente. Elle montrait même de quoi est capable un homme lorsqu'il opère seul. Quelle différence de résultat auprès des désastres d'Égypte et d'Iran (pardonnez-moi, de Perse), quand c'étaient des imbéciles qui donnaient les ordres !

Ce fut l' « exemple pour les autres nations » qui toucha vraiment Hilary au vif. C'était lui et lui seul qui était l'exemple, et pourtant il était destiné à rester anonyme, à n'être rien de plus qu'un pompiste de station-service qui faisait son travail tandis que les rupins restaient assis dans la voiture à bavarder, ignorant même son existence. Il passa son temps ce soir-là partagé entre une âpre indignation et des rechutes dans la résignation et un sentiment d'impuissance.

Il s'éveilla assis dans un fauteuil, ses lunettes sur le nez, la lumière allumée comme la veille au soir. Il avait dû s'endormir quand ses pensées contradictoires s'étaient révélées trop difficiles à affronter. Le sommeil valait mieux que les films, et ça coûtait moins cher. Voilà maintenant qu'une nouvelle journée commençait. Qui était-il aujourd'hui dans la foule des personnages qu'il avait inventés pour son drame ? Avant qu'il ait eu le temps de décider de son identité, la sonnette retentit. Il jeta un coup d'œil à sa montre. Neuf heures passées. Il n'avait jamais dormi aussi longtemps sauf dans une prison de Téhéran. Il s'approcha de la porte et ôta ses lunettes pour regarder par le judas. Il semblait y avoir là deux hommes, l'un à peine visible et déformé, à la périphérie de la lentille. L'homme qu'il pouvait distinguer ne ressemblait pas au journaliste de la veille au soir.

« Qui est là ? cria-t-il.

– Colonel Crisp ? »

Que pouvait-il dire ? « Qui est là ? répéta-t-il d'un ton sec mais la voix un peu haletante.

– La police, mon colonel. »

Hilary sentit son estomac se recroqueviller.

« Comment puis-je savoir que vous êtes de vrais policiers ?

– Ouvrez la porte en laissant la chaîne, mon colonel. Je vais vous glisser ma plaque. »

Voilà qui paraissait raisonnable. Hilary fit ce qu'on lui suggérait. Un insigne de police passa par l'entrebâillement. Mudgeon ?

Hilary ouvrit la porte et recula dans l'appartement sans regarder Mudgeon dans les yeux. Mudgeon lui emboîta le pas, et Hovaday referma la porte derrière lui.

« Hum. Il y a pas mal de dégâts, observa Mudgeon. Je doute que votre assurance couvre ce genre d'activité.

– En effet. Soho a ses moments de violence, mais il s'agit généralement de coups de feu isolés, pas de canonnade. »

Mudgeon se présenta et présenta Hovaday.

« De toute évidence, il y aura une sorte de dédommagement. Après tout, c'est la présence de tireurs d'élite de la police dans l'appartement qui a provoqué ce tir de représaille.

– Oui. Tout à fait. C'est bien aimable à vous de préciser ce point, Mudgeon. Ça m'évite de le faire.

– Oh ! ça n'est pas notre style de compter les

71

points ni d'esquiver nos responsabilités. D'après mes hommes, vous vous êtes conduit avec un courage et un sang-froid exemplaires.

– C'est très aimable à vous », murmura Hilary. Et, après un instant de réflexion, il ajouta : « Sang-froid, quel joli mot...

– Je n'ai pas eu souvent l'occasion de l'utiliser dans ma carrière. »

On allait donc le féliciter et éventuellement le rembourser. Il était résolument dangereux de rester un instant de plus le colonel Crisp.

« Où est M. Glasp ? demanda Mudgeon.

– Glasp ? Pourquoi me posez-vous cette question ?

– Vous semblez manifester un intérêt de propriétaire en ce qui concerne les dégâts occasionnés à cette pièce. Vous devez donc être très proche de Glasp. »

Hilary choisit un mouvement audacieux. Après tout, la police peut comprendre la supercherie et le fait qu'on doive souvent y recourir.

« Je suis plus proche de Glasp que vous ne le croyez.

– Vraiment ? Je suis prêt à parier que vous êtes Glasp.

– Qu'est-ce qui vous fait dire cela ?

– Il n'y a pas de colonel Crisp en service actif actuellement. Il existe un major Crisp, un invalide, qui habite Singapour. Il est à la retraite, secrétaire du Raffles Club. »

Hilary sourit. « Il y a un certain avantage à choisir le nom de Smith. »

Mudgeon eut à peine un sourire. « Pas vraiment. Smith est immédiatement suspect. Crisp ne l'est pas.

— Enfin. C'est comme ça.

— Pourquoi vous êtes-vous cru obligé de prendre une identité d'emprunt : c'est une habitude chez vous... ou une maladie ?

— Je ne voulais pas de la police ici mais, si je ne pouvais pas l'éviter, j'ai pensé que ça me donnerait une certaine autorité.

— Excellent, reconnut Mudgeon. Ça a certainement marché. Les gars ont été impressionnés. L'un d'eux a même remarqué que des types comme ça, on n'en fait plus aujourd'hui.

— Il ira loin, ce garçon. »

Mudgeon marqua un temps. Puis il eut un petit sourire narquois.

« Qui êtes-vous maintenant, Glasp ou Crisp ?

— Glasp », répliqua Hilary. Mudgeon arpentait la pièce, en regardant autour de lui.

« Vous êtes aujourd'hui à la retraite, mais vous avez été membre des services de renseignement britanniques.

— Je ne peux pas parler de mon passé.

– Ah ?

– Ça va de soi. Dès l'instant où je ne suis pas
autorisé à écrire là-dessus – comme certains l'ont
fait – il s'ensuit que je n'ai pas le droit d'en parler non plus.

– Oui, vous avez raison. Je n'y avais pas
pensé.

– J'ai pour consigne d'y penser tout le temps.

– Que voulez-vous dire ?

– Le gouvernement prend les secrets très au
sérieux et tout particulièrement le secret qu'il ne
reste plus de secrets.

– Est-ce que je ne décèle pas chez vous une
trace d'amertume ?

– Une trace ? »

Il y eut une nouvelle pause.

« Vous êtes arabiste ?

– On dit plutôt arabisant.

– Oui, je sais. » Mudgeon eut un sourire
aimable.

« Vous vous demandiez si je parlais l'arabe ?

– Vous avez travaillé là-bas, n'est-ce pas ?
Pendant la guerre et après ? »

Le silence de Hilary indiquait qu'à son avis
cette information tombait sous le coup de la loi
sur les secrets officiels. Mudgeon s'assit et fit un
geste en direction de Hovaday, qui exhiba une
liste.

Mudgeon l'examina un moment.

Le visage de Hilary n'exprimait absolument rien.

« Est-ce que le nom de Farouk Hamzaoui vous dit quelque chose ?

— ...

— Ou d'Abdul Farhaz ? J'espère que je prononce correctement ?

— ...

— Connaissez-vous quelqu'un à Devizes ?

— ...

— De quoi avez-vous le droit de parler ?

— Demandez au Premier ministre. Je ne tiens pas à faire de faux pas. C'est trop dangereux de nos jours. »

Mudgeon sourit de nouveau.

« J'admire toujours un homme qui fait bien son travail — ou plutôt, qui faisait bien son travail. »

Hilary répondit par un sourire.

« J'aimerais pouvoir vous retourner le compliment.

— Ah ?

— Vous avez bien fait vos devoirs, je vous l'accorde. Un peu trop bien, si vous voulez mon avis. Mais je ne pense pas — si vous voulez bien me permettre cette critique — je ne pense pas que ce soit du bon travail pour un policier que de jouer toutes ses cartes à la fois. »

Mudgeon reprit très doucement :

« Qu'est-ce qui vous fait croire que j'ai joué *toutes* mes cartes ? »

On sonna à la porte.

« Juste au bon moment, dit Mudgeon. C'est fantastique. »

Hovaday acquiesça.

« Hovaday, je vous serais reconnaissant d'aller ouvrir cette porte. J'ai l'impression que M. Glasp n'a pas envie de le faire. Il pourrait être tenté de redevenir le colonel Crisp, et alors nous ne serions pas au bout de nos peines. »

Hilary s'avança vers la porte, mais Hovaday fut plus rapide.

« Comment osez-vous... »

Hovaday fit entrer M. Goldhill.

« C'est lui ! s'écria M. Goldhill.

— C'est qui ? interrogea Mudgeon.

— C'est Lionel Gwynne.

— Lionel Gwynne ? s'exclama Mudgeon en feignant la surprise. Pas *le* Lionel Gwynne de The Olde Forge, 34 Balaclava Crescent, à Yeovil ?

— C'est l'adresse qu'il a donnée ? demanda Goldhill. Je ne m'en souviens pas de mémoire.

— C'est bien son adresse. La maison appartenant à Lionel Gwynne. Il a souvent des invités là-bas. Un certain colonel Crisp, un nommé

76

Hilary Glasp et un charmant gentleman étranger, M. Ibrahim Shamadji, précisa Mudgeon.

– On dirait un nom arabe, déclara Goldhill.

– C'en est un.

– Mon Dieu, regardez ces dégâts! s'exclama Goldhill, remarquant soudain les traces de balles. Qui est le propriétaire de ce côté-ci de la rue?

– L'appartement m'appartient, annonça Hilary.

– Alors, pourquoi avez-vous donné une adresse à Yeovil? Où est-ce d'ailleurs, Yeovil? Est-ce que ça existe? demanda Goldhill.

– Je crois que deux inspecteurs sur cette affaire suffisent, monsieur Goldhill, suggéra Mudgeon. Je ne veux pas embarrasser davantage M. Glasp en ayant l'air de le soumettre à un contre-interrogatoire. Je vous ai simplement demandé de passer ce matin à votre convenance afin d'identifier M... – ce gentleman.

– Eh bien, il n'y a aucun doute là-dessus, c'est M. Gwynne, et je suis prêt à en témoigner devant un tribunal.

– Ce ne sera pas nécessaire, s'empressa de dire Mudgeon. Il n'a rien fait de mal.

– Alors, demanda Goldhill, qui est Glasp?

– Ce serait trop long à expliquer.

– Il y a Glasp inscrit sous la sonnette.

– Oui, en effet.

– Est-ce que Glasp, c'est Gwynne ?

– Et, sans aucun doute, vice versa. »

Goldill émit un sifflement. Il avait de toute évidence le don de la déduction.

Il y eut un long silence, après quoi Mudgeon parvint à renvoyer Goldhill à son bureau.

Hilary reprit alors la parole, très doucement, et d'un ton hésitant.

« Vous disiez que je n'avais rien fait de mal...

– Si ce que je soupçonne est exact, vous avez monté une opération de police presque parfaite, toujours aux confins de l'illégalité, précisément comme il convient dans ce genre d'affaires. Vous avez pris de plus grands risques que nous n'aurions pu le faire. Dans la routine, il n'y a pas autant de place pour l'imagination. »

Hovady intervint brusquement, mettant de côté son respect hiérarchique d'une façon marquée et intentionnelle.

« Mon patron a même dit, au beau milieu de l'enquête, que celui qui s'était donné le mal de machiner cette confrontation méritait une médaille.

– Et je le pensais », ajouta Mudgeon.

Machiner était un mot qui avait l'approbation de Hilary. Il impliquait toute la méticuleuse dextérité nécessaire à créer l'occasion, tout le délicat minutage, toute la profonde connaissance de la façon dont l'homme réagit à un appât, l'économie de l'information, la subtilité des gestes dans toute cette corrida. Il sentait son cœur se réchauffer devant cet homme, devant ces deux hommes.

« Vous méritez une réponse sincère à vos questions.

— Il se peut que je la mérite, mais je n'en ai pas vraiment besoin, répliqua Mudgeon, en lissant un calepin qu'il avait tiré de sa poche. Dites-moi si je me trompe. Nous vous devons réparation pour les dégâts subis par votre appartement. Ce point-là a déjà été établi. A part cela, il a bien dû y avoir plusieurs coûteuses conversations téléphoniques avec Beyrouth ?

— Il y en a eu, en effet, reconnut Hilary, mais comme il n'était pas dans mon intérêt d'en garder la trace et comme elles ont souvent été données à partir de postes différents, je n'ai pas la moindre idée de ce que j'ai pu dépenser.

— Nous ne sommes pas très tatillons dans ces cas-là. Les remboursements proviendraient de fonds secrets mis de côté justement pour ce genre d'éventualités, et nous pourrions sans problème estimer vos dépenses en nous fondant sur des frais courants. Vous avez donné également quelques coups de fil locaux à des journaux. Exact ? »

Hilary eut un petit sourire pincé. « Exact.

— Il y a eu aussi des voyages en train à Devizes, Loughborough et jusqu'à Edgware.

— Ce n'est pas dans le bon ordre.

— Je ne cherchais pas à les citer dans l'ordre. Pouvez-vous penser à d'autres frais que j'aurais pu omettre ? Oh! à propos, vous avez voyagé en première pour aller dans tous ces endroits ?

— J'ai pris les billets les plus économiques.

— Comme il n'y a pas de trace, je pense que vous constaterez que vous avez pris des billets de première. C'est du moins ainsi que nous avons l'intention de vous rembourser.

— C'est très aimable à vous.

— J'attends donc une liste — pas nécessairement précise, vous comprenez — de tout ce que vous avez été amené à débourser pour notre compte.

— Je ne peux pas espérer vous voir me rembourser l'excitation, l'amusement.

— L'amusement ? Eh bien, monsieur Glasp, nous n'allons pas vous retenir plus longtemps. Nous reviendrons à un moment demain... si vous pouviez avoir votre liste prête... »

Il se dirigea vers la porte, Hovaday sur ses talons. Tout à coup, il se retourna. Son visage était grave.

« Je sais exactement ce que vous avez fait et

comment vous l'avez fait, monsieur Glasp. Mais vous avez à l'instant parlé d'amusement. Je comprends tout, sauf le mobile. Quel était votre mobile ?

— ...

— Est-ce aussi une violation du secret professionnel ? Êtes-vous un homme d'un extraordinaire patriotisme ?

— Je... je ne pense pas, répondit simplement Hilary.

— Êtes-vous un homme qui trouve la retraite irritante, ennuyeuse ?

— Pas particulièrement.

— Les frissons de la vie du Secret Service ne vous manquent pas ?

— Les frissons ? ricana Hilary.

— Seriez-vous en train de prendre une sorte de revanche ?

— Je n'y ai jamais pensé précisément dans ces termes.

— Allons, ce n'est pas le cas ? Contre quelqu'un en particulier ?

— Non. » Puis il ajouta, comme à la réflexion : « Ils n'en valent pas la peine.

— Ils ? Toute cette foutue fusillade, c'est une revanche que vous avez prise ?

— J'ai perdu beaucoup de temps.

— Et aujourd'hui, vous vous rattrapez ? »

Hilary n'avait pas envie de répondre à d'autres questions. La voix de Mudgeon vibrait d'une excitation nouvelle.

« Bien. Le bilan s'établit à quatre tués chez les terroristes et un assez grièvement blessé. Du côté de la police, il n'y a eu qu'une blessure par balle. La vie de l'homme n'est pas en danger.

– Je suis heureux de l'apprendre.

– Comment saviez-vous, comment pouviez-vous avoir la certitude que les résultats ne seraient pas exactement le contraire? Quatre policiers morts, un blessé. Et un terroriste effleuré par une balle? »

Malgré la dureté du ton de Mudgeon, pour une fois, c'était facile de lui répondre. Mudgeon avait abaissé sa garde.

« Je vous en prie, il ne faut pas trop m'en vouloir d'avoir pris pour un fait acquis la compétence de la police », déclara Hilary.

L'expression sévère de Mudgeon céda la place à un large et généreux sourire.

« Convenez quand même, dit-il, que vous avez pris un sacré risque.

– Je me suis contenté de vous imiter. Et puis la chance a joué un rôle. »

C'était exactement le bon moment pour être modeste.

Comme si l'idée venait de le traverser, Mud-

82

geon reprit : « Vous ne verriez, j'imagine, pas d'objection à ce que je fasse communiquer mon rapport au Premier ministre ? L'initiative et l'individualisme sont en ce moment très recherchés, et je pense que votre exploit peut être très apprécié en haut lieu.

— Je ne peux pas croire que ça ait le moindre intérêt. A vrai dire, j'espérais que tout cela n'irait pas plus loin.

— Nous agirons avec discrétion. Avec une grande discrétion, bien sûr.

— Je l'espère bien.

— Vous êtes... ?

— Quoi donc ?

— Anglais ?

— Quelle extraordinaire question !

— Je ne voulais pas vous offenser. »

Une fois dehors, Hovaday complimenta son chef.

« Sacrément brillant.

— J'ai cru qu'il allait nous offrir du thé, répondit Mudgeon.

— C'est le seul point sur lequel vous vous soyez trompé. »

Le lendemain, comme Hilary l'avait prévu, d'autres sujets d'intérêt vinrent attirer l'attention des journalistes. On avait découvert quatre torses de femmes dans une carrière abandonnée près de Buxton et la bataille de Soho se perdit dans les brumes de l'Histoire, tandis que l'initiative de Hilary devenait dans son esprit un pittoresque souvenir. Il alla faire ses courses comme il l'avait toujours fait, échangea des impressions sur la grande nuit avec des gens du quartier et se mit peu à peu à être la proie de ces petites afflictions nerveuses qui annoncent l'arrivée de l'âge. On aurait presque dit que tout cela ne s'était jamais passé.

Afin de ranimer quelques braises, il passa un coup de téléphone à Ahmed Kress, à Beyrouth. Il le fit de chez lui : il n'avait plus maintenant à brouiller les pistes.

Kress manifesta de la tristesse plutôt que de la colère.

« Ma main sur le cœur, je n'ai pas versé une larme en apprenant que Hamzaoui était mort. Il était devenu un fardeau pour la cause, il était à bien des égards un fou furieux, et je le détestais comme on ne peut haïr que son frère. Je suis content qu'il soit mort. Et pourtant, je ne pourrai jamais te pardonner la façon dont il a péri, comme un fier animal pris au piège, ni les trois braves qui ont trouvé la mort avec lui, et parmi eux une femme. Et Kamal Azizi est prisonnier. Le reverrons-nous jamais ? Tout cela à cause de toi. Je te remercie d'avoir mis un terme aux souffrances de Hamzaoui, ce qui était au-delà de mon pouvoir. Et je souhaite ne plus jamais t'adresser la parole. »

Ce fut Ahmed qui mit fin à la conversation. Le visage de Hilary brûlait comme s'il avait la fièvre. Jamais l'humiliation n'avait pris une forme aussi palpable. Pour la première fois, il ne pensait pas aux disparus, mais à leur famille et à leurs amis, puisque Kress représentait ceux qui ne participaient pas effectivement aux événements mais qui restaient dans les coulisses, enveloppés dans le doute et l'ignorance, en butte aux rumeurs et qui finissaient par porter le deuil.

Pour apaiser ses remords, il envoya pour vingt livres de fleurs blanches pour qu'on les déposât sur la tombe présumée d'Abdul Farhaz. Il utilisa les services d'Interflora et les fit adresser à la sœur de Farhaz, qu'il avait connue en des temps meilleurs.

La police paya rubis sur l'ongle, la pièce fut redécorée et pourtant Hilary se sentait gêné de ce qu'il avait fait. Ce qui avait commencé comme une protestation anarchiste s'était terminé par un geste dépourvu de signification et qui manquait d'une indispensable logique, de fondement moral. La fusillade avait grandi de façon démesurée quelque chose qui n'était pas plus au début qu'un canular.

Hilary aurait aimé oublier tout ce pénible incident. Et puis, avec une surprenante promptitude et de façon fort inattendue, voilà qu'on glissa sous sa porte une enveloppe de couleur chamois. Elle portait l'en-tête du service de Sa Majesté. Hilary pensa tout de suite aux impôts et se demanda ce qu'il avait fait de mal avec toute l'appréhension que peut engendrer ce genre de documents dans des sociétés libres. La lettre dactylographiée qui se trouvait à l'intérieur, loin de réclamer des explications, demandait si, au cas où Hilary se verrait proposé pour l'ordre de l'Empire britannique, il serait prêt à donner son accord. La personne haut placée avait fini, après tout, par regarder par la fenêtre de sa limousine et par sourire au pompiste de la station-service. Il ne brûlait plus de honte, mais d'un extraordinaire sentiment d'allégresse. Voilà qui n'allait pas manquer d'irriter ses anciens collègues à la retraite, dans leurs cottages du Hampshire, leurs masures au soleil, leurs maisons d'Australie. Dans un univers plein de secrets rancis, ils allaient se demander ce qu'il avait fait pour mériter cet honneur, et le plus beau de l'affaire, c'était qu'on n'aurait jamais besoin de le leur dire. Ils se tortilleraient dans leur crépuscule, malades d'envie. On avait donné à son acte le poids nécessaire, même si c'était bien différent de ce qu'avait été son intention première. C'était, à vrai dire, tout le contraire.

Hilary ne tarda pas à se raconter que la raison qui l'avait fait attirer les terroristes dans un piège, c'était son insatiable ambition d'obtenir une certaine forme de reconnaissance officielle. Puis, avec un instinct hérité de son ancienne profession, il commença à s'imaginer qu'il était suivi. A mesure que son ego s'enflait, se développait en même temps sa manie de la persécution.

Ce fut le jour où il prit un taxi pour le palais de Buckingham, vêtu d'une jaquette de location qui sentait fortement la naphtaline, qu'il crut pour la première fois pouvoir identifier la personne qui le filait. Il lui sembla retrouver jour après jour le même vague signalement : un homme de taille moyenne, à la mâchoire proéminente, habillé avec le flagrant anonymat d'un professionnel.

La cérémonie au palais le désappointa quelque peu. C'était décevant après le caractère dramatiquement exclusif de la lettre. Il y avait tant d'autres membres de l'ordre de l'Empire britannique, et rien n'eut sur la fatuité naissante de Hilary d'effet plus refroidissant que ce vaste groupe de gens, bavardant comme des touristes qui attendent le départ de leur car. Il ne connaissait personne et il éprouvait un poignant sentiment de solitude au milieu de cette mer de vainqueurs entourés de leur famille.

Quant au contact physique avec la royauté, il fut aussi bref qu'une piqûre, et ce ne fut qu'en sortant, et alors qu'il ne parvenait pas à trouver de taxi dans le voisinage du palais, que Hilary comprit pour la première fois avec quelle cruauté raffinée l'Angleterre récompensait ceux qui lui voulaient du mal.

Et il n'était pas au bout de ses peines. Ce fut en rentrant à pied à Soho, les relents de naphtaline l'entourant toujours comme une auréole, qu'il parvint à définir clairement l'homme qui marchait derrière lui. Il pourrait désormais l'identifier dans une foule. Hilary s'arrêta en faisant semblant de resserrer un lacet de chaussure. L'homme à son tour s'immobilisa sans aucune raison logique pour consulter un journal qui se trouvait être dans sa poche. Hilary prolongea sa halte. L'homme en fit autant. Quand Hilary reprit son chemin, l'homme rangea son journal et repartit lui aussi.

Hilary arriva chez lui pour trouver la rue barrée et des policiers partout. Une voiture piégée avait explosé juste devant l'immeuble, faisant voler en éclats toutes les vitres qu'on avait si récemment remplacées. La voiture n'était plus qu'un tas de ferraille. La chaussée était jonchée de débris.

Hilary grimpa l'escalier quatre à quatre et découvrit que sa porte était ouverte et que ses deux amis de la brigade antiterroriste l'attendaient à l'intérieur.

« Eh bien, vous l'avez échappé belle, dit le plus âgé des deux. Sergent Unsworth, vous vous souvenez ?

– Geoff.

– Tout juste ! Ça va, vous pouvez entrer. On vient d'inspecter votre appartement avec nos appareils. Il n'y a pas trace d'autres engins à l'intérieur, mais on n'est jamais trop prudent. On les trouve souvent par paires.

– Qui a fait ça ?

– On ne peut pas le dire encore.

– Mais pourquoi... pourquoi ?

– Si j'étais vous, j'appellerais le grand chef. Oh ! il y a un télégramme de félicitations qu'on a trouvé sur le paillasson. »

Hilary l'ouvrit.

On pouvait lire : Félicitations. On peut dire que vous le méritez. Et c'était signé Mudgeon.

Hilary n'avait pas encore eu le temps de téléphoner que l'homme qui le filait, le personnage au menton en galoche, apparut sur le seuil.

« Alors, qu'est-ce qui s'est passé ? demanda-t-il aux deux autres avec un solide accent du Nord.

— Une voiture piégée, expliqua Geoff, en aidant son collègue à repérer les éclats de verre.

— Allons donc. Ici. Eh bien, vous avez eu de la veine, pas vrai ? Impossible de trouver un taxi, hein ?

— Vous m'avez suivi, n'est-ce pas ? interrogea Hilary.

— Pas le samedi ni le dimanche. Pour les week-ends, c'est un copain à moi. »

Hilary, tout en continuant à discuter, composa le numéro de Mudgeon.

— Pourquoi disiez-vous que j'avais de la chance ?

— A mon avis, ils comptaient que vous seriez rentré. Ils ne pouvaient pas savoir que les taxis sont rares à St. James' Park.

— Qui sont-ils, selon vous ?

— Des terroristes, j'imagine. Qui d'autre pourrait vous en vouloir ? J'ai pas raison, Geoff ?

— Mais si. »

Mudgeon était en ligne.

« Merci de votre télégramme. » D'abord, l'essentiel.

« Il paraît que votre appartement est de nouveau en l'air.

— Vous avez une idée de qui a pu faire ça ?

— Je pourrais vous poser la même question.

Tout ce que je peux vous dire, Glasp, c'est que Kress jure que ce ne sont pas les gens de la fraternité du Croissant de Lune. Ma main sur le cœur, dit-il.

— S'il jure ne rien avoir à faire là-dedans, c'est la meilleure garantie qu'il est profondément impliqué.

— Vous le connaissez mieux que moi.

— Mais... qu'est-ce qui vous a donné l'idée de contacter Kress ?

— Vous, en fait.

— Vous avez été plus consciencieux que je ne le pensais.

— Nous passons la moitié de notre temps à faire semblant d'être inefficaces pour consacrer l'autre moitié à être efficaces.

— Vous m'avez fait suivre.

— Oui. Je pensais que ça risquait d'arriver tôt ou tard, même si Kress jurait que vous n'étiez pas digne d'eux, que vous n'étiez que du menu fretin dans un monde de gros poissons. »

Mudgeon, de toute évidence, faisait tout pour se rendre attrayant.

— Est-ce que ce n'est pas plutôt une preuve du contraire ? » riposta Hilary. Il était toujours dans sa magnificence de louage et plutôt d'humeur à ce qu'on le considère comme du gros poisson.

« Si Kress est responsable, j'en conviens. Mais l'est-il ?

– Quelle était la provenance de la voiture ? On l'avait volée ?

– Louée, à Heathrow. Au nom d'Ibrahim Shamadji.

– Quel nom avez-vous dit ? dit Hilary d'une voix dont il n'arrivait pas à maîtriser le tremblement.

– Ibrahim Shamadji, articula Mudgeon.

– C'est absurde ! glapit Hilary. C'est un nom que j'ai imaginé. C'est de la pure invention.

– Vraiment ? Ça ne semble plus être le cas. Oh ! un instant, mon vieux, on vient de me passer un bout de papier. Bonté divine ! un homme vient de téléphoner à Scotland Yard, pour revendiquer l'attentat au nom des Martyrs du 17-Septembre. »

Il y eut un silence. Hilary était blême.

« Qu'est-ce qu'il faut que je fasse ? finit-il par croasser.

– Franchement ?

– Franchement.

– Le monde est vaste pour la plupart des gens, déclara Mudgeon. Le Portugal est populaire, mais c'est un peu près. Il y a l'Afrique du Sud. L'accès en est interdit à ces gars-là, et la police est vraiment costaud. Ou alors, il y a l'Australie.

– Vous croyez que je devrais déguerpir. M'enfuir ?

– Juste pour une dizaine d'années. Mais pourquoi auriez-vous envie de revenir ? Franchement, je ne pourrai pas vous faire filer tout le temps. Ça coûte trop cher. Ça ne vaut pas le coup. Et ces types de Beyrouth, ils ont une drôle d'échelle de valeurs. Ce ne sont pas les cibles qui leur manquent, et pourtant ils considèrent la vengeance comme une absolue priorité. Au fond, je crois que ce sont des sentimentaux. C'est l'éléphant qui n'oublie jamais, ou le chameau ?

– L'éléphant.

– Ça pourrait aussi bien être le chameau.

– Mais pourquoi se montrent-ils tout d'un coup aussi vindicatifs ? Kress m'a remercié de l'avoir débarrassé de Hamzaoui. Il m'a bel et bien remercié !

– Je sais, mais on dirait que ce sont les fleurs pour Farhaz qui ont fait l'effet d'une gifle en pleine figure. Ça leur a paru le comble du cynisme. Une insulte.

– Et moi qui ai fait ça par scrupule de conscience.

– Que voulez-vous, je n'ai pas besoin de vous faire un cours sur ces gens-là, hein ? Ils comprennent ce qu'ils veulent, ils interprètent les faits d'après leurs préjugés et ils tuent pour des raisons qui leur sont propres. Si on analyse les choses, rien ne tient debout. La meilleure méthode, c'est de s'en tenir à ses distorsions personnelles de la réalité et d'agir en conséquence. Et surtout, dans le monde où nous vivons, d'agir vite. Vite plutôt que bien ou mal. Bon, il faut que je file. Et suivez mon conseil. L'Australie. Ou bien la Nouvelle-Zélande. Faites vite. Bonne chance. »

Hilary se débarrassa de sa tenue de gala et prit une douche pour en chasser l'arôme. Puis il tira les stores avant la tombée de la nuit. La Nouvelle-Zélande ? Il se représenta une masse de moutons et se mit à imaginer dans sa rêverie que l'un d'eux était désigné pour le suivre.

C'était une décision à prendre. Allait-il désormais être en fuite, ou bien serait-il aussi fataliste que les terroristes ? Il écarta le rideau. La police était en train d'enlever les restes de la voiture de location. La mort aurait frappé aussitôt son occupant s'il y avait eu quelqu'un à l'intérieur. C'était l'affaire d'une fraction de seconde, et il n'y avait rien à craindre physiquement.

S'installer en Nouvelle-Zélande n'arrangerait pas sa dignité. Il continuerait à se demander jusqu'où pourrait atteindre leur bras vengeur et, si jamais ils renonçaient à le poursuivre, il se sentirait abandonné à un gris anonymat, dénué de tout élément humain qui rend la vie digne d'être vécue.

Lui aussi devait se venger, décida-t-il. La nomination dans l'ordre de l'Empire britannique était une tentation provisoire à laquelle il avait succombé. C'était une main qui lui faisait signe devant le cimetière de ses rêves.

Dans un brusque sursaut d'énergie, il s'assit devant une feuille de papier blanche. Voilà qui allait être un geste positif, un geste agressif et authentique. Il commença un nouveau chapitre de son livre, celui que l'on découvrirait après sa mort, la plus pénétrante estimation de la vie d'un homme à l'oreille indiscrète, membre de l'ordre de l'Empire britannique. Quant à son intégrité, il allait la redécouvrir quelque part entre les lignes qu'il n'avait pas encore écrites.

A un moment, il crut entendre quelqu'un à la porte. Après un moment d'hésitation, il n'en tint pas compte et continua à écrire.

Cet ouvrage a été composé par la
SOCIÉTÉ NOUVELLE FIRMIN-DIDOT
Mesnil-sur-l'Estrée
pour le compte des Éditions Belfond
en mars 1991

Achevé d'imprimer le 11 mars 1991
dans les ateliers de Normandie Roto S.A.
61250 Lonrai
Nº d'éditeur : 2673
Nº d'imprimeur : R1-0185
Dépôt légal : mars 1991
Imprimé en France